为梦想而燃烧

/ 上 /

何军宏 —— 著

四川文艺出版社

图书在版编目（CIP）数据

为梦想而燃烧：上、下 / 何军宏著. — 成都：四
川文艺出版社, 2025.6. — ISBN 978-7-5411-7268-7

Ⅰ. I227

中国国家版本馆CIP数据核字第2025HH1022号

WEI MENGXINAG ER RANSHAO

为 梦 想 而 燃 烧

何军宏　著

出 品 人　冯　静
责任编辑　路　嵩
封面设计　琥珀视觉
内文制作　史小燕
责任校对　段　敏
责任印制　桑　蓉

出版发行　四川文艺出版社（成都市锦江区三色路238号）
网　　址　www.scwys.com
电　　话　028-86361802（发行部）　028-86361781（编辑部）

印　　刷　成都紫星印务有限公司
成品尺寸　170mm×240mm　　　　开　本　16开
印　　张　40　　　　　　　　　　字　数　400千
版　　次　2025年6月第一版　　　印　次　2025年6月第一次印刷
书　　号　ISBN 978-7-5411-7268-7
定　　价　188.00元（全2册）

梦想的天空

大凡一个人生于天地间，多多少少都会有一些梦想。这些梦想从小就生长在我们周围，就种植在我们心间。我们走南闯北摸爬滚打，经过一番风霜雨雪最终实现梦想。

梦想让人眼泪汪汪，梦想让人泪如雨下。梦想是出征的鼓点，梦想是远方的灯塔。梦想让我们奋不顾身，哪怕是飞蛾扑火，也要与之俱焚。

这就是梦想的力量，这就是梦想的火焰，为了让梦想在生活中闪耀，期待着有朝一日会放射出绚丽的火光。多少个不眠之夜挑灯夜战，多少个酷寒的夜晚把梦想的火焰在心头点燃，就为了信守当初那铿锵誓言。

我们被梦想所折磨，我们被梦想所摧残，我们在梦想的家园流连忘返。我们置身梦想的火焰山，全身烤焦从不喊痛，从不喊怨，这就是梦想对我们的馈赠——让我们无数次接受挑战。

我们在实现梦想的道路上昼伏夜出，我们在追求梦想征途上勇往直前。虽然梦想在遥远的他方，但执着的心依然让我们眼巴巴地把梦想眺望。

梦想的天空，足够大，让每一个人都能展翅高飞，让每一个人都能在天空绽放火花。

梦想是我们对新生活的展望，梦想是我们对命运的不屈不挠。梦想让我们夜不能寐，梦想让我们不能自已。

我们在与梦想的缠绵中焚烧着自我，我们在通往梦想的道路上从不言败，意志坚定，器宇轩昂。

敢于追梦，是走向成功的开端。敢于追梦，让我们勇于挑战自身极限，让一切不可能成为可能。

任何一种成功，首先要敢去追梦。如果，连挑战的梦想都不敢追求，还言何事？

梦想的天空，全天开放。有多少个愿望就会有多少个梦想。

梦想就是我们对美好生活的强烈向往，梦想就是我们对日常生活柴米油盐酱醋茶丰盈饱和后的满足渴望。

梦想就是父母眼里让心肝宝贝快乐平安成长，梦想就是天下儿女对父母健康的殷殷期望。

梦想就是国家强大，不受外敌入侵践踏；梦想就是伟大的祖国能够永远兴旺发达屹立于世界东方。

梦想就是让世界每一个角落都不再被战火所焚烧蹂躏，让全世界每一个角落都能闪耀和平的曙光，让爱的阳光照进每一个热爱和平的心房。

2024 年 9 月 16 日　成都

目录

第一辑　让梦想在激情中沸腾

第二辑　祖国啊，我要为您歌唱

第三辑　献给热爱学习的你

第四辑　以光的速度行走

第一辑

让梦想
在
激情中
沸腾

生命是一道光

生命是一道光

没错，生命是一道光

一道绚丽的光

一道沁人心脾的光

一道火花四溅的光

一道似流星闪耀的光

生命是一道光

这道光，从一出生

就开始发亮

就开始滚烫

就开始燃遍全身

就开始伴随我们成长

生命是一道光

这道光，照亮自己

也照亮别人

在互相照亮中取长补短

在互相映射中传递友情

在互相照亮中温暖你我

生命是一道光

这道光，带着锐利

带着坚强，带着沉着冷静

带着自律，带着走向成功

带着自省，带着刮骨疗伤

带着信仰，带着生命方向

带着追求，带着不舍昼夜

生命是一道光

这道光可以切割痛苦

让我们不再彷徨

这道光可以一泄汪洋

让我们体味爱的琼浆

这道光可以辐射奉献

让我们道德闪光

生命是一道光

如流星划过，如眼前一晃

快似闪电，须紧紧抓住

人生短如白驹过隙

生命亦如花开花落

让这道光照耀每一个

黎明黄昏，春去秋来

让这道光闪烁每一个

生命瞬间，人生永恒

拥抱火热的生活

不知道你是否深深体会到

生活每一瞬间都是美好的

一直在按着自己的节奏往前走

一直在朝着向往的方向歌唱

拥抱每天滚烫灼热的生活

生活中处处绽放着瑰丽芳香

生活多么美好，多么可爱

多么秀色可餐，多么惹人爱恋

在火热的生活面前，我们

不能麻木，不能被动

我们要热烈地跳起来，舞起来

用心中最旺盛的热情

把生活紧紧拥抱，紧紧爱恋

生活，不只是顺境时的欣喜若狂

不只是山花烂漫时的明媚阳光

有时，凄风苦雨，遍地狼藉

也要把生活紧紧拥抱

顺境的生活，固然令人艳羡

逆境的生活，更能挑战人的

意志极限，和对生命的乐观

拥抱生活，因为生活

每天都是新的，你在拥抱生活时

生活也在忘情地把你拥抱

生活可以感知，可以抚摸

我们在生活中摸爬滚打

我们在生活中顽强拼搏

生活教会了我们无畏

教会了我们成熟，教会了我们

对生命的理解，对认知的提升

火热的生活，更是我们

了解体验人间一切的平台和舞场

在对生活的感悟中，我们一次

又一次，触摸到了幸福甜蜜

拥抱生活，那是因为生活

任何时候都很美好，都很公正

如果说生活不够美好，那只是

你的心态，你的心境，你对

外界事物的看法，产生了偏差

发生了倾斜，根本不在于

生活本身，而在于你的主观色彩

拥抱生活，那是因为生活

每天都很滚烫，都很炙热

我们找不到任何不拥抱生活的

理由和借口，生活一直都很公平

都很公正无私，我们触摸不到

火热生活滚烫激烈跳荡的脉搏

那是因为我们没有和生活

紧紧融为一体，当我们勇敢热情

拥抱美好富有激情的生活时

生活也在紧紧地把我们拥抱

人生的马拉松

观看马拉松比赛

常常让我为之激动

一个个健儿，从我眼前

一一晃过，他们奔向前去

奔向比赛的终点，奔向

人生辉煌的彼岸

脚下生风，路在延伸

两眼向前，全身用力

把矫健的身体，一步一步

迈向成功，迈向胜利

迈向心中最美的梦想

跑道上的马拉松

让我联想到人生中的马拉松

每个人都在各自生活的跑道上

背负着责任，携带着担当

不断向前，努力向前

除了向前，彻底没有了退路

向前，向前，不断向前

咬紧牙关，铆足气力

把人生的背负牢牢扛在肩上

道路遥远，征途漫漫

披荆斩棘，勇往直前

人生的马拉松，充满着艰辛

携带着沧桑，依然美丽耀眼

拼命向前，跑向终点

跑向生活的终点，跑向命运的

终点，跑向人生的终点

一路走来，充满奇迹，充满梦幻

每一段都很出彩，每一段

都很难忘，每一段都值得回味

每一段都值得珍藏，每一段

都是永远品不完品不够的佳肴

人生中的马拉松，一路幸福

一路美满，把过去一切不快

踩在脚下，把昔日的成绩荣耀

作为不断向前奔跑的永久动力

一路奔跑，一路笑容，一路快乐

一路心向阳光，一路心怀梦想

跑向命运挑战，跑向人生辉煌

让自己走向战场

让自己走向战场

接受炮火的沐浴和洗礼

骨骼在阵地上愈发坚硬

勇敢在炮火中意志飞扬

气质在血与火的熔炉中

得以锻铸，这就是

战场的馈赠，这就是

人生的巅峰

敢于主动让自己走向战场

需要何等勇气，需要超人思想

只有走向战场，人生才有斗志

只有走向战场，命运才会转折

愿不愿上战场，主动权就握在

你手里，何去何从，快拿主意

选择里蕴含着机遇

痛苦中散发出光芒

其实，你已经很能干

就是缺少勇气闯一闯

横下一条心，死活走一回

又无妨，前行道路上

哪有你想的那般悲凉

只要站出来，勇敢奔向前

永不回头，一直往前冲

有了这种精神，这种信念

何愁兑现不了当初的誓言

敢于让自己走向战场

这是豪迈的号角，这是黎明的曙光

这是敢于向懦弱的自己勇敢宣战

永不放弃，永不服输

走向战场，悲壮中散发着无畏

勇敢中透射着坚强

生命在火焰中猛烈燃烧

在激烈碰撞中，青春的羽翼

更加坚硬，更加刚强

让自己走向战场

这是涅槃重生，这是破茧成蝶

这是革故鼎新，这是在此一搏

不去一试，怎么就知道不会成功

就算一次又一次失败，也绝不愿

错过人生命运千载难逢

那最为宝贵，最为难得的

人生又一次冲锋，命运又一次亮剑

为梦想而燃烧

梦想似一团燃烧的火焰

炙烤着我，紧绷的神经

我咬紧牙关，决不屈服

无论身处何方，身居何地

都要让梦想的旗帜迎风飘荡

任何时候都无法将梦想遗忘

纵然熊熊火焰

把我炙烤得遍体鳞伤

既已选择，就要为梦想前行

为梦想而歌，为梦想而唱

为梦想点燃

每一个温暖的黎明

为梦想点亮

每一个热情的夜晚

把黎明的温暖传递给梦想

把夜晚的热情告知给梦想

梦想一直将我燃烧

我仿佛听见熊熊烈火

发出噼噼啪啪的声响

我被炙烤得汗珠子直往下淌

我难受吗，我舒服吗

可为了梦想，就愿意这样

梦想哪有轻轻松松就会实现

梦想哪有花前月下就会到来

在实现梦想的道路上

也许荆棘遍地，也许布满泥泞

都要无所畏惧，坦然面对

都要勇敢前行，执着追寻

轻松愉悦，温馨浪漫的日子

谁不愿去享受

谁不愿去快乐

这样的路

也许会尝尽人间美食

也许会享受人间浪漫的风景

但却给不了我们充实的人生

给不了我们问心无愧的回忆

我们之所以这般

夜以继日，前赴后继

努力尝试着

吃尽人间所有的苦头

尝遍人间所有的辛酸

就是不想给宝贵的人生

空留遗憾

就是不想有朝一日回忆往昔

充满无穷的叹息

充满无穷的懊悔

为梦想而燃烧

是一种境界，是一种虔诚

是一种责任，是一种执着

是一种约定，是一种牵挂

是一种无怨无悔

是一种死心塌地

我们还会有更多选择吗

为梦想而燃烧

就是要斩断后路，背水一战

就是要毕其功于一役，全力以赴

任何三心二意

都有可能将梦想熊熊之火

愈燃愈淡，消失殆尽

梦想是一面飘扬的旗帜

飘扬在生活中

每一个黎明和黄昏

飘扬在生活中

每一个白昼和夜晚

梦想是我们的精神支柱

梦想是我们的精神依托

人生岂可没有梦想

人生岂可失去梦想

梦想点亮我们的每一刻

梦想让我们每天

活得扬眉吐气，很有力量

拥有梦想是一种幸福

幸福在我们心中生根发芽

陪伴我们走遍天涯海角

陪伴我们走过春夏秋冬

为梦想而燃烧，是人生之幸

让我们体会到了生命的味道

让我们奔波在既定的轨道

纵然为了梦想的实现

纵然为了梦想的燃烧

让我们一无所有，我们也

坚定执着，让梦想永远绽放

献给感动的自己

总有一种感动，让人泪如雨下

总有一种伤心，让人无法自已

生活在这样一个美好的时代

我时时心存感恩，心存感谢

是啊，如果没有这外界

一切的一切，我怎会为自己感动

是啊，我为自己感动

在诗歌这条路上，一步一步

走了过来，有艰辛，有曲折

有欣喜，有泪光，一路的体验

让我成长成熟，让我渐渐自省

让我深有所感，让我仰望星空

哪有无缘无故的成功

哪有毫无理由的胜利

今天拥有的一切，都是外在一切

的凝聚合成，没有这么多熟知

或者不熟悉朋友的密切配合

哪有我的感动，哪有我的欣喜

我很平常，我很自足

能拥有现在这一切，已经心满意足

这并不意味着我会止步不前

相反，会以更加迅猛的势头

一往无前，永不回头，也许

这就是对此时此刻，拥有顺境

拥有收获的最好感谢，最好报答

人生得一知己，足矣

能做好的事情，下功夫

做到尽善尽美，乐在其中

苦在其中，以苦为乐，无怨无悔

这是何等快哉的事情，所以说

我奋斗，我吃苦，我幸福

我快乐，这是一件极其简单的

事情，一门心思，谋虑着这件事

为自己感动，让我们看到了

成熟的自己，自律的自己

走着上坡路的自己，虽然咬着牙

满脸憋得通红，但依然掩饰不住

深藏内心的喜悦，是啊

请为吃苦上进努力的自己

鼓鼓掌吧，鼓得响一些

你很了不起，你很能干

任何人都可以瞧不起你

但唯独你自己不能瞧不起你自己

你是自己的上帝，你是

自己的主宰，你是自己的救星

只要心中有一团熊熊燃烧的火焰

就没有任何人能把你打倒

就没有任何人能阻止你的燃烧

生命属于任何人，都只有

极为宝贵的一次，就算你打着灯笼

走遍全世界，也无法找到一个

无缘无故辜负生命的理由和借口

要想让生命活出质量，活出丰采

时时让自己遨游在感动的海洋中

就要在感动中时时心怀感恩

在感动中用光和热，温暖朋友

温暖亲人，温暖普天下的众生

奋斗，没有休止符

奋斗，没有休止符

奋斗，有休止符吗

我不相信，也永远不相信

我们敬爱的周恩来总理

一生为国家为人民

呕心沥血，殚精竭虑

没有好好休息过一天

就是在即将会见外宾前夕

说是刮胡子，竟倚着

卫生间的门，睡着了

每当看到这一幕，虽然

从视频获知，每次都让我

分外感动，敬仰的心情

一直把我萦绕，共和国的总理

心里永远装着人民，唯独

没有他自己，这样的总理

让万世敬仰，让万民感慨

假如今天有更多这样

为党为民的干部，是中华之福

是万民之福，是国人之福

奋斗，没有休止符

奋斗，会有休止符吗

已故敬爱的作家路遥

在创作完成《平凡的世界》

从来没有一天不苦思冥想

没有一天不沉浸其中

他，已经与书中的故事人物

同呼吸，共命运，很难从

感人肺腑，时时牵绊着

内心，动人心弦的故事情节中

跳出来，以至于夜以继日

日以继夜，不顾一切忘我创作

最终生命被病魔吞噬，在生命

最后阶段，他与死神较量

用生命书写出激励一代又

一代的传世名作，他的品格

奋斗精神，比作品更令人敬仰

奋斗，没有休止符

奋斗，有休止符吗

杂交水稻之父袁隆平

为了能让祖国人民吃饱饭

吃好饭，一生呕心沥血

几乎把毕生精力

都用在了杂交水稻研究上

在田间地头一蹲就是几小时

禾下乘凉，造福人类

是他的梦想，他的梦想

在忘我奋斗中，结出了

累累硕果，其思想境界

其人格品德，让我们俯首敬仰

奋斗，没有休止符

奋斗，有休止符吗

大年初一的上午，图书馆

坐满了为学习而孜孜以求者

在新春的第一天，就让奋斗的

大旗，迎风飘扬，染红云霄

学无止境，是啊，竞争无处不在

竞争无时不在，无法把今天的

任务，拖到明天，宁可提前完成

也永远不愿拖延，战场上的

冲锋号，早已吹响，义无反顾

向前，向前，再向前，奋斗

在召唤，奋斗让我马不停蹄

奋斗让我快马加鞭，直达彼岸

点燃希望之火

四年前的一天

当我把二十五篇诗歌

呈现在你面前时

你当即进行了认真阅读

给我的评价，你写的

比你说的，要好一百倍

仅就这句话

给了我极大震撼，极大鼓励

你向来不喜空谈

喜欢做具体的实实在在的事

这样会留下永久痕迹

不至于忙忙碌碌一整天

一整年，最终不知如何盘点

也仅仅是那句话

一直鼓舞我到今天

我一直循着这个希望

一直循着这个火点

始终一天都没有偏离

无论道路多艰，天气多变

都没有停止对梦想的执着

也就是从那刻起

心里默默用劲，永远不能

辜负老师对我的殷切期盼

最好的报答，就是

毕其功于一役，拿出

会说话的产品，不一定是

最上乘，但一定是最用心

时至今日，期待四年的作品

终于问世，终于尘埃落定

终于可以向老师汇报了

怠慢了老师，少了问候

但你一直在我心里最显著的位置

直至今日，终于可以带着胜利

带着成功，带着问心无愧

带着对老师的深深感恩

带着对老师无以言表的万分感激

是啊，滴水之恩，涌泉相报

无论这条路，能走多远

花能否开得很大，或者很小

都无怨无悔，心甘情愿

一路走来，风雨兼程

有感动有感恩，有感激有感谢

既然希望之火，已经点燃

已经燃烧，那就让这把希望之火

燃遍人生每一个清晨和黄昏

燃响命运每一个跳动的音符

带着梦想奔向远方

在新年的最后一天
我突发奇想，壮着胆子
准备外出云游四方
寻找灵感，寻找源泉
寻找心灵的圣山

准备走遍祖国大江南北
仔仔细细把迷人的景色
一一过滤，好好写个遍
到山中听鸟语闻花香
到海边感受阵阵浪涛

祖国的名山大川
美不胜收，蕴藏着诗意
包裹着奇迹，不亲自探寻
哪会让你随意摘取
在山的伟岸中，听山的回响

在海的怒吼中，听海的心声

不入此境，怎会把灵感捕捉

步履中蕴含着无尽宝藏

两眼中闪烁着智慧光芒

苦思冥想，才能笔下生花

勤奋耕耘，才能文思泉涌

哪有无缘无故的瓜熟蒂落

哪有不带汗水的热气腾腾

所有的奇迹，都是在奇思妙想中

生根发芽，所有的梦想

都是在忘我耕耘中开花结果

带着梦想奔向远方

这是梦想的开始

这是梦想的生成

能有这一天，是命运之神的

青睐和恩赐，是步向坦途

黎明前的奋斗深耕

不要总是埋怨命运的不公

不要总认为人生的风向标

怎会这样摇摆不定

一旦把梦想的种子

植根信念，植根坚定

梦想就算身在悬崖峭壁

也会绽放美丽，闪耀光芒

活着就是一口气

活着就是一口气

信也好，不信也罢

这都无伤大雅，在我认为

活着就是一口气

活着就是一口气

不只是会呼吸

能证明是个活物

这样理解，只是表皮之见

真正深层次的理解

活着最紧要是要活出一口气

是争气，是不服气

是活得扬眉吐气

活着与活着

表面上说没有太大区别

仔细推究，区别很大

窝窝囊囊活着

委曲求全活着

是一辈子

扬眉吐气活着

光明磊落，坦坦荡荡活着

也是一辈子

任何人都不想活得太憋屈

不想活得脸上带着扭曲

眼睛里没有生机

心灵上没有光泽

这样的人生，像潮湿的鞭炮

燃不起任何声响

活着就是一口气

有些人看似活得很艰难

内心却异常充实快乐

有些人看似活得很幸福

却是苦恼人的笑

想要活得像个样子

那就得行动起来

做个长期规划

让他们看看

自己是条汉子

不是狗熊

更不是草包

活着就是一口气

如果这样认为

也许你很有血气，富有血性

这是骨子里的东西

他人是偷不走的

只要这口气牢牢存在

只要为这口气而活着

总会有一天，会活得

扬眉吐气，肆意芬芳

悄悄地奔跑

生活就是一场奔跑

可以大张旗鼓地奔跑

扯起生命的风帆

也可以默默悄悄地奔跑

在不为人知的时候

默默向前，快速向前

奔跑，是主流，是主业

义不容辞，无法商量

已经过了大张旗鼓的年龄

仔细回首往昔岁月

有着太多的遗憾和哀愁

不想就此止步不前

也不想就此空留哀叹

于是，在一个不为人知的早晨

我伴着星光，开始了奔跑

路上很静，没有干扰

只听见鸟鸣，洒水车的声响

悄悄地奔跑，咬紧牙关

向前，向前，不断向前

前方有美丽的花园，梦中的愿望

前方有初心期望，内心的承诺

早晨一切都很静，早起真好

没有外界的喧嚣，也无须

让亲朋好友，认识的陌生的

为你鼓掌加油，是跑给自己的

而且在奔跑的路上，欠账太多

不想愧对良心，也不想让睡前

总是怀着内疚，就要下定决心

悄悄地奔跑，勇敢地奔跑

一直奔跑，终生奔跑

奔跑，是我们的宿命

既然无法抗拒，那就欣然接受

既然人生是一场奔跑

那就无所畏惧，无所顾忌

一味向前跑，为何悄悄地跑

是因为落后太多步伐

不想让世俗的迎来送往

耽误了向前奔跑的脚步

只有加速度前行，迎头赶上

才能让愧疚的内心

迎接阳光，展翅翱翔，飞向远方

让梦想在激情中沸腾

只身来到了一家

吵闹的书店

吵声特别大

丝毫不亚于迪斯科舞厅

起初我很不适应

感觉到这些读书人

怎么可以在这种嘈杂声中

学习，写作，思考

开始的不习惯

禁不住多待一会儿

听着听着，好似万马奔腾

我需要这样的激情活力

需要把自己彻底解放

在激进昂扬的乐曲中

渐渐迷失自我，彻底被

激扬奋进的乐曲

揉成一团，找不出自我

啊，好一个激情夜晚
从来没有这样长时间
放松自我了，我就在这样的
环境中，重操旧业
把心中的情丝，无限制
拉长拉远，干吗不放开一回呢

在激昂的乐曲中
我欣赏着听不懂的音乐
在乐曲中体味着生命的强音
在写作中把人生不断触摸
写作很自然，从不枯燥无味
有时苦思冥想，那是因为你
太在乎写作形式，一切的形式
都是为内容服务，而内容的
真谛，永远都是真情动情激情

不想再翻来覆去地把弄着
别人的书籍，与其如此

干吗不好好动起手来

好好写一写呢，虽然有些吃力

可这样提高很快，真的想走好

写作这条路，大胆地狂写特写

大写，就是你通往成功胜利的

唯一捷径，最快捷径

只要坚持，就会成功

也许自己活着的真实意义，就在于

每天的这几行文字，这几篇文字

虽然有些稚嫩，但毕竟还是在

不断前行，不断靠近目标

写作，是一种无意识

写作，是为了生命的存活

写作，是为了让生命活得

更有味道，更有价值，更有趣味

不想让写作背负着交换的筹码

那样对写作极不公平

写作，是一种自发活动，已经

给了你快乐，就不可再贪得无厌

为自己写首歌

闲来无事，那就为自己

写首歌，把辛苦的自己

鼓励赞美一下，自己最了解

自己，走过的路，吃过的苦

摔过的跤，受过的痛

一路同行，忙碌中弥漫着充实

勤奋中绽放着奇迹，汗水中

浸透着付出和艰辛，好样的

继续加油，不负韶华

为自己写首歌，主题应当贯穿奋斗

要催人上进，斗志昂扬，体现

火一般的激情，抒发不畏艰险的

壮志豪情，送给忙碌奔波的自己

是啊，该时不时把自己鼓励一下

把自己赞扬一下，这首歌是加油站

这首歌是新征程，这首歌是阶段性

总结，这首歌是拾遗补缺，走向完美

这首歌是冲锋号，这首歌是再出发

这首歌写给自己，唱给大家

这首歌写给自己，唱给天空大地

这首歌是自己真实的历史

这首歌是人生足迹的写照

要把人生这首歌写好

更要把人生这首歌唱好

人生是一首歌，一首美妙的歌

一首夺目的歌，一首值得赞叹的歌

一首值得回味的歌，一首让自己

感动的歌，一首让自己随时警醒的歌

一首让自己矢志不渝奋发图强的歌

这首歌，从出生就开始谱写

这首歌每天都在谱写，你的每一步

都是一个漂亮的音符，你的一举一动

都让这首歌随之欢快飞跃跳动

这首歌写在心里，却唱给大家

这首歌也许你只是演员，却需要大家

为你谱写，你的全部大家有目共睹

为自己写首歌，多么开心

多么深受鼓舞，这么多年一心都在

想着往前跑，很难静下心把来时的路

好好回想，悉心捡拾，歌曲的

前半部分，已经奏出美妙的旋律

后半部分还需要锦上添花，再接再厉

人生命运的完美结合，无论是

哪一部分，都是生命珍贵的轨迹

都是人生美妙的乐章，为自己写首歌

对人生是鼓励，对命运是鼓掌

这首歌永远充满芳香，散发激情

这首歌永远在生活中飞扬飘荡

一切靠自己

这个世界上

最终一切靠自己

靠山山倒，靠水水流

就是因为

我们太懒太任性

就是因为

我们一直缺乏主动性

其实每个人都很聪明

都很果断明智

处理好当前一切

我们总是把一切

寄希望于他人

所以时时助长了

我们缺乏主见的个性

让我们在现实生活中

变成了低能儿

一切成功

都是逼出来的

一切奇迹

也都是逼出来的

你实在下不了决心

现实就会帮你下决心

在这个世界上

我不恨谁

也不过分爱谁

保持平和心态

尤为重要，如果一个人

连自己都管不住

控制不住，那他又能

管住谁，控制谁

早该瓜熟蒂落

水到渠成

早该下定决心

生命的大海

航程还很长

人生注定

是一次较为漫长的旅行

是一次孤独寂寞的旅程

需要你勇敢面对

走好人生每一步

一切靠自己，任何时候

都是改变命运的良机

不等不靠

太阳每天都是新的

抓紧人生中每分每秒

活出真正自我

因为人生无法复盘

因为人生无法重来

甚至人生没有那么多时间

犹豫彷徨，朝三暮四

人生需要主心骨

人生需要指路明灯

我们总是

尽一切能力满足别人

有时候

却不断亏待自己

这样极不友好，也不公平

其实自己

才是自己最好的朋友

自己才是自己最好的伴侣

所以说

任何时候，都要善待自己

把梦想揣进心里

街上行走

无意路过一早餐店

到了吃晚餐的时候

身穿黄色马甲的农民兄弟

纷纷走进了早餐店

他们络绎不绝，一个个

接踵而至，纷至沓来

三五人一小桌，围成一团

吃着香喷喷的晚餐

各位亲爱的朋友

我们可以仔细想想看看

小本经营的早餐店

会售卖出何等香喷喷的晚餐

走上前去，细心观察

我的内心受到强烈震撼

各式白面馒头

夹杂着糯米做的灰色馒头

一碗碗透着大米香味的稀饭

和着腌泡过的酸菜豇豆

这就是农民兄弟的所有晚餐

这就是建筑工人辛苦流汗的幸福喜悦

他们的晚餐就这样简单

他们吃饭的时间就这样快速

只有一根烟的工夫他们就纷纷散去

也许是他们在加餐

也许他们是来先垫个底

紧接着的活儿也许更艰巨忙碌

早已习惯了也就不觉得有多劳累

我就在想一个问题

他们为什么愿意这样艰苦忙碌

他们为什么就这样朴朴素素

做着极为繁重极为危险的体力活

而且工作时间最少也是十小时以上

他们为何会咬紧牙关坚持到底

他们为何会不管春夏秋冬寒来暑往

他们为何会不分白天黑夜熬更守夜

他们也是正常人啊

他们也是皮包着骨头流着血

他们的身体也不是用钢筋做的

可他们为何愿意埋头苦干

因为他们牵挂着家里人的生计

因为他们是一家人的顶梁柱

因为他们心里有一家人最美的笑脸

因为他们心里也有梦想也有甜蜜

啊，亲爱的朋友们

当你见到他们时请自觉给他们让让路

当你见到他们时请给他们投以赞许的目光

当你看到他们时请为他们点个赞

试想一想，看一看

当我们在家里享受着精美的晚餐

当我们在办公室里享受着空调风扇

当我们在电影院观看着精彩的电影

当我们看着一幢幢高楼拔地而起

当我们看见身边城市旧貌换新颜

当我们和家人一起轻松惬意逛着商场

你可曾想到，是谁给我们

创造了这样美好优越的温馨环境

你可曾想到，在这个世界上

他们可能吃着最大的苦却享受着最小的甜

他们可能付出的最多却得到的最少

他们就是我们的亲人朋友

他们就是我们的兄弟姐妹

因为我们都是祖国大家庭中的一员

因为我们都没有任何理由让他们落在后面

因为我们良心发现当下的自己已很幸福

我们还有什么理由还有什么说法

不为他们默默无闻勤勤恳恳的无私奉献

献上我们最美最真最贴心最敬意的礼赞

我们没有任何资格不努力

今天所拥有的一切

都不是空穴来风

都不是自然生成

现时所享有的一切

无不都是

前人栽树，后人乘凉

是的，我们的先辈

给我们创造了光辉灿烂的

一切文明，一切便利

今天我们才生活得

这般幸福，这般扬眉吐气

我们怀着感恩的心

感谢着祖先，感谢着先辈

文明是一个接力棒

历史永远不断传承延续

如果在我们这一代

就此止步不前

不能创造辉煌的业绩

我们将有负于历史

有负于后辈的期盼

我们有什么资格不努力

我们没有任何资格不努力

因为我们赶上了

历史难得的好机遇

因为我们充满无穷的干劲

因为我们有着必胜的信心

因为我们肩负着历史的重任

中华民族之所以兴旺发达

华夏儿女之所以屡创奇迹

就是因为我们有不懈的斗志

就是因为我们敢于攻坚克难

就是因为我们有无数的党徽

始终闪耀在群众最需要的

艰难困苦生产斗争第一线

啊，适逢盛世，国泰民安

党的英明领导鼓舞着我们

不断开拓创新，奋勇向前

党的方针政策为我们描绘出

前所未有，气壮山河

最绚丽多彩的英雄史诗画卷

我们没有任何资格不努力

因为我们都是民族复兴的筑梦者

走自己的路

人生经常会有很多遗憾

一个最大的遗憾

不知道你是否会意识到

就是没有走自己的路

经常身不由己

经常人云亦云

说着身不由己的话

做着身不由己的事

彻底把自己丢失了

彻底把自己遗忘了

学会反省

是人生的巨大进步

为什么人生

会一而再再而三

不断地犯重复性的错误

不断地为逝去的每一天

而懊恼，而自责

是因为我们缺乏

深刻反省，深深自责

走自己的路

很难吗？不难的

但谁能保证自己

每天都行驶在

自己的轨道上

谁又能保证

每天都在做着

自己想做的事情

每天都在说着

自己想说的话

对自己所走过的路

怀着深深自责

这是进步，这是超越

无法对自己

所作所为，一言一行

十分满意，但如能

经常少做一些

遗憾的事情

也不啻是一种进步

一种成功，一种胜利

每天都应该为自己

所作所为，感到欣慰

感到充实，感到满足

虽然没有十全十美

但尽量减少遗憾

就是超越空前

就是自己打赏

就是为自己点赞

就是在展现一个

不一般的自己

卸下包袱，轻装前行

无论做任何事

愈轻松愈好

在轻松愉快中完成

不要人为制造枷锁

不要让精神负担

压弯了腰，疲惫了心

本就是一个普普通通

本就是一个平平常常

如果把一切看得过于神圣

无形之中就是故步自封

作茧自缚，自我加压

人生来就为快乐而往

如果现时所做的一切

不能流向快乐，驶向欢乐

那无异于在逼迫压迫中

求生存，在压力重重面前

直不起挺拔的腰杆

求学十多年，让我悟出

愈是轻松上阵，卸下包袱

愈能学出最好的水平

愈能取得最好的成绩

相反，如果压力过大

就如同给腾飞的翅膀

绑上了沉重的秤砣

选择任何一个方向

手握任何一种道具

务必要十分欢喜

生活哪有那么大的压力

命运哪有那么多的不如意

只是不要让所谓的神圣

把热爱的天平压得很低

活成自己的屋檐

一场瓢泼大雨

将我赶在了屋檐下

躲雨人很多

互相拥挤站成一团

唯恐让雨淋湿了

屋檐下的我们

下大雨了

我们有幸躲到了屋檐下

还有很多人在街上冲撞

瞬间被暴雨彻底袭击

看着他们全身淋湿

我不由想了很多

自然界下大雨了

我们躲在了屋檐下

生活中下大雨了

我们又躲向何方

人到中年

是家中的顶梁柱

上有老人需要赡养

下有子女需要抚养

温柔贤妻也需要有力臂膀

我们就是全家的屋檐

我们就是全家的担当

活成自己的屋檐

首先我们要活成

坚实可靠的屋檐

坚强是屋檐的硬核

独立是屋檐的材质

只有把自己的屋檐建设好

才能在关键时刻

为家中遮风挡雨

活成自己的屋檐

常常会有这样的情况

亲人最需要关心的时候

我们却一筹莫展，无能为力

看着家中渴盼的眼神

常常为自己屋檐不够宽大

常常为自己屋檐不够坚硬

而自惭形秽，充满内疚

活成自己的屋檐

需要顶天立地的勇气

需要百折不挠的坚强

需要稳重成熟的独立

需要千磨万击的坚韧

需要愈挫愈勇的无畏

活成自己的屋檐

就再也不会看别人

眉高眼低

就再也不会忍气吞声

就再也不会缺乏自信

就再也不会弯腰屈背

活成自己的屋檐

是一个目标，是一种骨气

是一种奋斗，是一种决心

是对自己的一次勇敢挑战

是人生道路上的一次搏击

只有活成自己的屋檐

我们才能独立自主，果敢行动

我们才会胸有成竹，扬眉吐气

我们才能敢于担当，心有余力

我们才能运筹帷幄，决胜明天

我们才能百尺竿头，更进一步

学会给自己打伞

无论是烈日炎炎

还是暴雨将至

出门时，都别忘了

带上一把伞，有了这把伞

你就可以免遭风吹日晒

你就可以免遭暴雨袭击

学会给自己打伞

是一种着眼长远，强基固本

是一种爱惜自己，储存能源

是一种未雨绸缪，防患未然

是一种走向成熟，谋划全面

不妨想一想

真的遭遇倾盆大雨

两个人共用一把雨伞

无论雨伞怎样倾斜

都无法保证你不会被雨淋湿

这样既给别人添了麻烦

也无法让你顺畅自如

学会给自己打伞

就是留得青山在

不怕没柴烧

保住了健康，保住了根本

才有能力，才有精力

才有资本，照顾好身边人

学会给自己打伞

总不至于在关键时刻

总是问别人借伞

各家都有各家的难处

不是别人不帮你

有些时候，别人真的无能为力

仔细想想，最靠得住的

永远都是最真实的你自己

自己的路，就在自己脚下

本可以自己克服的困难

总是想着依靠别人，企求外援

我们完全被自身惰性所俘虏

我们完全沦为懒惰的奴隶

路都是人走出来的，你不去走

怎么就知道会走不通呢

只有当自己真正成为

自身的主人，你就会深刻体验出

不一样的人生和风采

做一回真正的自己

每天都在书写着自己

每天都在给自己打分

每天的打分都不一样

有时内心欣喜，充满快乐

有时垂头丧气，败兴而归

一直都想写一幅大写的自己

可有时却身不由己，明知道

这件事不该去做，不应去做

却还是做了，这个话不该说

却还是说了，这个想法不该有

却还是产生了，经常这么

自欺欺人，身不由己，好像

真的拿自己，没有了任何办法

真不应该，却一直在做着

自己的奴隶，那是因为你

缺乏前进的勇气，不应该

这样瞻前顾后，患得患失

一旦冲了出去，就再也

无须回头，前方是坦途大道

身后是万丈深渊，除了向前

别无选择，果敢斩断退路

做一回真正的自己

请不要一直做自己的奴隶

一种全新的生活在等着你

为什么掉进以往的生活

就那样不能自拔，就那样

乐不思蜀，任何一种全新的

生活，都是对人生的倍加珍惜

都是对命运的万般爱恋

要勇敢地用坚不可摧的钢板

牢牢地堵死过去，堵死过去的

生活方式，堵死过去的不良嗜好

堵死过去的幼稚和莽撞

堵死过去的侥幸，无知和惰性

如果再也输不起，就要学会

无情拒绝，果敢决绝

学会切割，学会斩袍断发

放眼望去，有多少种生活

需要你去体验，有多少人生的

美妙，需要你去大胆尝试

又有多少座人生命运的高山

等待着你去攀登，等待着

你去挑战，等待着你去望远

如果人生真的输不起，有时候

不妨对自己狠一些，狠一些

是自救，是警醒，是脱胎换骨

是卷土重来，是东山再起

是又一条好汉的涅槃重生

是人生命运的翻转辉煌

第二辑

祖国啊，
我要为您
歌唱

仰望星空

浩瀚星空，群星闪烁

多少次从我们头顶轻轻划过

抬头望远，双眼被星星一起带走

思维的闸门犹如堤坝泄洪

让我浮想联翩，星空闪现

我苦思冥想，绞尽脑汁

总想用最优美的词句

把朗朗夜空从心房深处轻轻歌唱

总怕我的不认真，不用心

怠慢玷污了你，圣洁的灵魂

多少次仰望苍穹

多少次金戈铁马

稚嫩的思想被浩瀚的星空所吞噬所淹没

我臣服于星空的伟岸与深邃，博大而幽深

我用全部思想承载着整个星空的富有

星空的尽头闪耀着我永久追随的目光

独自一人，漫步户外，仰望星空

这是何等惬意，这是何等自由

没有任何人会约束你观看的时长

没有任何人会在乎你遥望的神态

也没有任何人会阻挡你

专注地感悟和静心地思考

既然这般自由，既然如此轻松

我为何不一次把它遥望欣赏个够

仰望浩瀚无垠璀璨耀眼的星空

让我触摸到了小小的自我，在茫茫星空

我平凡如流星一闪，细小如尘埃一般

生命的珍贵美丽竟是这般短暂璀璨耀眼

凡尘往事在岁月星河里渐起渐落洒成一片

仰望浩瀚无垠璀璨耀眼的星空

我感受到了肩上使命神圣，责任担当

位卑未敢忘忧国，泱泱华夏好儿郎

没有家国哪有个人，没有使命哪有荣光

只有自身耀眼发光，祖国才会民富国强

浩瀚无垠，繁星满天的夜空

让我的思绪飞得很远，拉得很长

人类发展变化兴衰更迭，在这里汇聚

历史滚滚云烟起伏跌宕，在这里流淌

自然界姹紫嫣红万物吐绿，在这里奔放

生命色彩斑斓芳华无限，在这里绽放

啊，我热爱这浩瀚无垠璀璨耀眼的星空

每一颗星星都好似一个个美好的希望

给人以欢快自由，给人以无穷力量

给人以无上光明，给人以美丽向往

给人以深邃幽远，给人以博大宽广

啊，我拥抱这浩瀚无垠璀璨耀眼的星空

每一颗星星都好似一个个火红的朝阳

让自然万象更新，让人间奇迹发光

让科技日新月异，让人类梦想成真

让神舟太空翱翔，让中华插上翅膀

啊，浩瀚无垠繁星闪烁的星空

我奔腾的血液已抵挡不住内心的跳荡

我激昂的思绪已阻挡不住情感的热浪

我要用真挚的情感

热情讴歌星空永远这般美丽善良

我要用浓浓的情意

深深祝福世界永远和平稳定富强

他们相信未来，我们才拥有现在

想到这个题目，我瞬间

陷入沉思，内心波涛翻滚

他们相信未来，他们是谁

他们就是我们心中的英雄

就是敢于用生命捍卫真理

就是不为五斗米折腰

就是把信仰高高举过头顶

就是用热血书写胜利凯歌

没有这些志士仁人的抛洒热血

没有这些肝胆相照的英雄豪杰

没有这些义薄云天的铁血战士

没有这些笑对刽子手的大义凛然

哪有我们青春荡漾的笑脸

哪有我们幸福比蜜甜的现在

哪有我们的其乐融融，合家团圆

我时常想起这些为了共和国的

美好明天，抛头颅洒热血的

铁血战士，赴汤蹈火

每每想起他们，都让我热血沸腾

情难自已，方志敏烈士

左权烈士，江竹筠烈士

等等，他们都让我顶礼膜拜

他们都让我永远崇敬，永远怀念

他们相信未来，我们才拥有现在

没有他们的昨天，顶着枪林弹雨

也要把同志保护好，在关键时刻

用自己的生命换来战友的安全

哪有我们的幸福现在

哪有我们的笑对明天

正是因为他们怀着对革命对祖国

无比真诚的执着信仰，万般追求

才有我们的美丽现在

才有我们的幸福今天

才有我们如诗如画的明媚春天

烈士的鲜血，永远不会白流

也永远不能白流

共和国的基石，永远坚不可摧

也永远坚如磐石，固若金汤

有这样一群硬汉，有这样一群

把信仰的火把，在心头熊熊燃烧

有这样一群，愿意用宝贵的生命

去换取共和国的灿烂明天

他们，值得我们永远缅怀纪念

他们，永远活在亿万人民的心中

生长在红旗下的我们，真该

好好思考，如何才能更好地接过

先烈的火炬，把他们未竟的事业

执着向前，奋斗到底，发扬光大

我们真的做到了，做好了

是我们的本职，是我们的义务

是我们的光荣和自豪，这样

我们才可以用辉煌告慰先烈

让英雄的鲜血，永远不会白流

让英雄的魂魄，永远光照千秋

为信仰而歌

每次只要一提到信仰

心中一定会波澜起伏

激情澎湃，热血沸腾

情难自制，彻夜难眠

信仰，就是这么神圣

信仰，就是这么坚韧

没有激情，那叫什么信仰

对信仰的激情，不是一时的激情

不是一段的激情，而是一世的

激情，自从某一时刻起

一旦坚定了某种信仰，就把

人生最大的信守，最高的承诺

给了信仰，给了崇高，给了不朽

是啊，没有激情，那叫什么信仰

信仰应当是一首热血沸腾的壮歌

每当唱起，就让人们激情四射
犹如滚滚波涛，一浪推起一浪
发出震耳欲聋的响声，这一阵
一阵的响声，让人们想起了力量
想起了悲壮，想起了庄严的心声

信仰犹如生命，信仰是生命的
内核，是生命的灵魂，信仰让
我们精神旺盛，信仰让我们
眼明心亮，信仰让我们永远铭记
今生到底为什么而活着，信仰
像一颗铁钉，把奋斗者的决心
牢牢地钉在了诺言上，信守上

信仰如同钢铁，永远不会生锈
信仰让人们耳聪目明，把心交给
信仰，为心找到了最好的去处
从此孤独迷茫的心，不再孤单
因为信仰是一个集体，是一个
团队，是一团永不熄灭的火焰
照亮着我们执着前行的道路

信仰让人们很温暖，信仰是组织

信仰是熔炉，信仰是波涛，信仰

是大海，信仰是高山，信仰

是崇高，信仰是力量，信仰

是义无反顾，明知有杀头危险

也在所不辞，执着前行，生命何其

宝贵，宝贵到只有用信仰来换取

翻开一部革命波澜壮阔的中国

历史，就是无数仁人志士，铁血

英雄，用宝贵的生命捍卫着心中

崇高而执着的信仰，为了信仰

他们可以抛头颅洒热血，为了信仰

他们可以献出亲人的生命，为了信仰

他们把危险留给自己，为了信仰

任何严刑拷打，都无法改变

他们对信仰的死心塌地，初心衷肠

啊，信仰，你为何让人们如此神往

啊，信仰，你为何让人们情难自量

因为信仰，是一团崇高的火焰
因为信仰，是一束烁人的激光
为了信仰而赴汤蹈火，那是民族的
脊梁，为了信仰而视死如归，那是
民族的希望，民族的未来和向往

我们此时能心安理得在这里如此
悠闲，能如此幸福甜蜜，能如此
花前月下，能如此对酒当歌
能如此推杯换盏，能如此儿孙绕膝
能如此幸福晚年，能如此酣然入眠
朋友啊，朋友，你们可曾想到了
我们的先辈，我们的先烈，我们的
英雄，如果没有他们的英勇壮烈
如果没有他们对今天和未来的
执着坚定，如果没有他们为了心中
伟大崇高而置生命于不顾，试问
我亲爱的朋友们，你，你们，能有
今天的幸福生活吗？能有今天
幸福的一切吗？如果有良心
你该怎样回答，还需要说出来吗

每一次想到英雄，想到先烈

想起他们的悲壮，想起他们的大义凛然

想起他们慷慨激昂，走上刑场

我都情难自制，热血奔涌

亲爱的朋友们啊，我们怎可忘记可敬的

英雄，我们怎可忘记长眠地下的先烈

不讴歌他们，良心何在，真情何在

良心在时时炙烤着我脆弱的内心

在泪眼婆娑中，我一次又一次听见

他们在为民族解放而呼喊而高歌

在为民族自由而振臂高呼

在为受苦受难的人民而奔走相告

信仰的光环，一直闪耀在前方

信仰的力量，一直把我们使劲催促

我耳边一次又一次响起了志士仁人

先烈们的悲壮怒吼，慷慨激昂

刘胡兰，面对敌人铡刀，毫不畏惧

因为她心中有着钢铁般坚定的信仰

方志敏，为了革命把清贫化作了

对信仰的赤胆忠诚，董存瑞举起的

是炸药包吗？他举起的是对革命对祖国

无比神圣而崇高的信仰，黄继光勇敢一跃

用身躯堵住敌人的机枪，任凭疯狂扫射

也难以穿透他内心，对祖国对革命

无限赤诚的信仰，无限忠诚的热望

这就是信仰，这就是热血，这就是

崇高，信仰原来这么让人泪奔

信仰原来这么让人难以自量，奋不顾身

我举着信仰的大旗，像疯了似的

在大地上奔跑，永不停歇地奔跑

似乎要把生命的能量，在这一时刻

全部释放，全部飞扬，我停不下

奔跑的步伐，飞跃的力量，我牢牢握紧

手中的信仰，怎能不跑，我不想烈火攻心

也不想就地燃烧，我要把对信仰的

赤诚忠贞，燃烧书写在生命中每一寸

土壤，让生命与信仰，生生不息

让生命与信仰，日月同辉，光芒万丈

祖国啊，我要为您歌唱

祖国，啊

此时此刻

我正徜徉在

人潮人海的中心广场

看见他们

一个个喜笑颜开

看见他们

一个个风姿招展

看见他们

一个个心花怒放

祖国，啊

我真想为您歌唱

祖国啊

我真想为您吐露心声

因为有了您

才有了我们今天的幸福生活

因为有了您

才有了我们今天的

花团锦簇，歌舞升平

看见小朋友们

一个个活蹦乱跳

看见老人们

迈着健硕的双腿

看见青年人

一个个风姿英发

看见他们一个个，一群群

都那样把幸福的笑脸

呈现给你，呈现给我

呈现给广场上

每一个熟悉或者陌生的面孔

祖国，啊

我真想对您说

这一切的一切

都是您对

儿女们的一片深情

都是您对

儿女们的妩媚多姿，无限爱恋

我们在祖国怀抱里成长

我们沐浴着祖国阳光

祖国时刻把我们放在心上

我们永远把祖国贴在心房

祖国是天，天更蓝

人民的心，更宽

祖国是地，地上长着金黄

黄灿灿的一片

那是丰收满园

那是五谷丰登

那是庄稼人醉人的笑脸

祖国，啊

此刻我很想拥有一双

或者更多更多有力的翅膀

飞向蓝天，飞向苍穹

来把您看望，来把您托举

我自身的力量

虽然有限

可我总想用弯曲着的腿

用宽阔的肩

一直把您托举

一直把您举得很高很高

因为我深知

没有您的忍辱负重

没有您的义薄云天

哪有我们的幸福万年

有祖国的怀抱

我们始终温暖

有祖国的保护

我们永远幸福

有祖国的根深叶茂

才有我们的幸福明天

祖国，啊

纵使我以身作笔

以大地为纸

也难以抒发尽

我激动豪迈的心情

在我的心里

您是我们流淌着的血

您是我们跳动着的心房

您是我们昼夜的呼吸

您是我们永远不变的信仰

爱祖国

是每一个中华儿女的义务

爱祖国

是每一个炎黄子孙的良知

永远找不出

也实在不愿找

我们还有什么资格

还有什么理由

不爱祖国，不爱大地

不爱阳光，不爱饱受践踏的河山

祖国把我们喂养

把我们抚慰沐浴成长

把我们从懵懂少年

培养成今天能在这里

把祖国母亲

尽情歌颂的好儿郎

这是母亲的骄傲

这是做儿郎的光荣自豪

祖国，啊

对您最好的报答

就是信念坚定，永远忠诚

让一颗满怀豪情的心

为您歌唱

让一颗永不疲惫的心

为您跳荡

能为可亲可敬的祖国

永不停歇地跳荡

永无止境地歌唱

这是何等光荣自豪

这是何等畅快淋漓

就这样

让一颗不甘平庸的心

永远跳荡歌唱

就这样

让一颗满怀深情的心

为祖国燃烧到

最后一滴血

信仰的曙光

革命题材影片

《革命者》

颂扬革命先驱李大钊

以信仰捍卫真理

以主义迎接明天

以舍生取义

换取我锦绣中华

先驱李大钊先生

如果真有在天之灵

您所创立的明天

已经在中华大地

燃遍华夏的梦想

您所相信的未来

已经在我们这一代

续写辉煌

信仰在守常眼里

时常放射出万道光芒

主义在守常心里

已经落地发芽生根

未来在守常脚下

已经踏破高山万仞

革命者

什么是革命者

革命者是要付出生命的

革命者是要流血牺牲的

革命者早已将生死

置之度外，抛向云霄

革命者

什么是革命者

革命者是一个团结集体

革命者是一种伟大信仰

革命者是用生命

捍卫真理的战士

革命者是用鲜血

浇灌理想的护卫

从没有一种革命者

有如此硬的骨头

让疯狂的刽子手

两腿发软，为之颤抖

从没有一种革命者

有如此坚定的信念

未来的新中国

如此蓬勃地发展

今天的新中国

流淌着先辈的鲜血

寄托着先辈的期望

承载着先辈的梦想

飘荡着先辈的展望

革命者

就是要革掉不合理的旧制度

就是要以拯救中华为己任

就是要唤醒劳苦大众

最为敏感的正义呼声

就是要让华夏大地永远

不再受列强凌辱践踏

就是要让华夏子孙过上

心中想要的自由生活

一个李大钊牺牲了

无数个李大钊前呼后拥

一个李大钊就义了

无数个李大钊前赴后继

一个李大钊倒下了

无数个李大钊在中华大地

生根发芽，开花结果

革命者

从不惧怕反革命的威胁杀头

自从走上革命那一天

自从举起右拳那一天

就把一切交给了信仰

交给真理，交给了主义

交给了伟大的中国共产党

今天的幸福生活

在眼前闪亮，到处甜蜜芬芳

我们怎能忘记幸福生活

是先辈热血浇灌出来的硕果

我们又怎能忘记甜蜜芬芳

是无数先烈用生命捍卫的花朵

伟大的革命先驱

你们可以欣慰

今日之中华，当下之神州

正阔步迈向新时代

中华民族的复兴梦想

正在党的旗帜下团结一心

众志成城，驶向辉煌

共产党员的心声

我是一名普普通通的共产党员

下班后来到了新华文轩

找到一处僻静的角落

急欲完成我心中的梦想

今天是一个特殊的日子

我们党的百年华诞

全国各族人民齐声歌唱

歌唱我们党的

百折不挠，苦难辉煌

歌唱我们党的

英明领导，迈向辉煌

电视直播中的百年礼赞

天安门城楼上的豪迈宣言

广场上人山人海的鼎沸呼唤

让我一颗滚烫的心

插上腾飞的翅膀

飞向北京，飞向首都

飞向祖国的心脏

我被浓浓的氛围

所包围，所熏染，所陶醉

我被身边优秀的共产党员

所感动，所鼓舞，所激励

置身这样一种氛围

我激荡的心久久

难以平静，难以自制

总想用百倍的热情

总想用坚实的行动

来回报党的恩情和雨露阳光

我是一名普普通通的共产党员

为此，我感到由衷的自豪和骄傲

共产党员，多么神圣的称谓

无数先烈用热血把您书写

用宝贵的生命，以悲壮的辉煌

向您交出一份份合格满意的答卷

这就是我们共产党人

只要革命需要，只要为了革命

只要祖国的解放能早日实现

只要翻身农民能盼来幸福的明天

哪怕让我们下油锅，赴火海

哪怕让我们受尽酷刑，饱受摧残

哪怕让我们奉献生命，燃烧热血

这些都没有什么

共产党员，革命党人

自从举起庄严的右拳

就把一切都交给了我们

伟大、光荣的党

随时为党奉献一切

新时代的共产党员

没有了烈火青春时的烽火硝烟

没有了隆隆炮声中的庄严洗礼

但我们要时刻牢记使命

不忘初心，把先烈未竟的事业

进行到底，奋斗到底，辉煌到底

华夏儿女众志成城，团结一致

在新时代中国特色社会主义的

道路上，意气风发，阔步向前

一盏明亮的灯

您，是一盏明亮的心灯

日夜照耀着我前行的方向

您，是一束熊熊燃烧的火炬

时时炙烤着我内心翻滚奔腾

您，是一轮初升的太阳

万道霞光，熠熠生辉

照耀着祖国每一条河流

翻越着祖国每一座高山

啊，二十大报告

您是旗帜，您是方向

您是航标，您是灯塔

您，是我心中永远的指路明灯

您，是我今生为之奋斗的方向

您，为何这般让我心潮澎湃

您，为何这般让我波涛汹涌

究竟是什么力量

竟能让我此刻激荡的心情

久久难以平静

究竟是什么信仰

让我如飞蛾扑火，不顾一切

为了心中的向往，奋勇向前

啊，二十大报告

您是春天一缕和煦的春风

吹遍了我的整个心房

您是秋天满树摇曳的金黄

吹动着我的万般思绪

让我此刻的内心

无比喜悦，无比坚强

能不让我高兴吗

能不让我自豪吗

身为中华儿女

我也有着一份

浓浓滚烫的爱国情怀

我也有着一颗

对党无比忠诚无比执着的

拳拳赤子之心

我也有着一颗

对人民满腔热忱

情同父母的挚爱之心

二十大报告，自从诞生那天起

就让我们欢欣鼓舞

就得到全国人民的热烈拥护

就得到亿万人民的衷心爱戴

在伟大的报告里

我分明看到了党的雨露阳光

我分明摸到了祖国跳荡的心房

我深切体会到了

什么才叫一心为了人民

什么才叫一切为了人民

什么才叫人民就是我们的一切

党把对人民无私崇高的爱

全部浓缩在报告的字里行间

每一段内容，都好似一面面

鲜艳的五星红旗，迎风招展

每一句话，都好似党温暖的

深情问候，无限体贴

每一个字，都仿佛是祖国的

心房在跳动，在奔腾

啊，二十大报告

怎会这样让我耳聪目明

怎会这样让我眼明心亮

伟大的理论，犹如一盏明亮的灯

照耀着全国人民奔向新的征程

有了伟大理论的指导

我们还有什么克服不了的困难

我们还有什么解决不了的难题

我们还有什么可以懈怠的理由

我们还有什么不能创造的奇迹

啊，没有了，没有了

伟大的人民，将永远奋发图强

伟大的祖国，将永远蒸蒸日上

伟大的党，将更加英明正确

我为有这样伟大的党

而倍感自豪，无比骄傲

我为有这样的人民

而全身散发出无穷的力量

我为有这样伟大的祖国

而感到无比荣耀，倍受鼓舞

啊，二十大报告

您是我们党集体智慧的结晶

您是全国人民的共同心声

您是祖国母亲孕育出的优秀儿女

您是各行各业的旗帜和方向

报告，是那样具体

是那样实在

是那样贴近民心

是那样顺乎民意

是那样让人们眼明心亮

是那样让人们拍手称快

我深深爱着我们的党

深深爱着历经磨难

而最终繁荣富强亲爱的祖国

深深爱着与我们朝夕相处

情同骨肉的亲人朋友

啊，放眼世界，展望全球

也只有我们这样的政党

也只有我们这样伟大的祖国

才能在任何时候任何地方

始终把人民疾苦，放在心上

始终把人民的安危，挂在心头

我们再读二十大报告

一字一符，一句一行

都值得细细品味，慢慢咀嚼

学习好报告，研读好内容

认真分析思考，就是在用行动

就是在用心灵，热爱着党

崇敬着党，忠诚着党，爱戴着党

悉心研读报告，报告

似一面面擂动的战鼓

又似一汪清澈见底的泉水

启迪着我的智慧

涤荡着我的心灵

鼓舞着我的内心

凝聚起我无穷的干劲

我真想插上一双矫健的翅膀

让我们在祖国腾飞的

道路上，勇往直前

我心中时时充满感恩和祝愿

祝愿我们伟大的祖国

更加兴旺发达，繁荣昌盛

祝愿我们在党的阳光雨露下

蓬勃向前，走向辉煌

情为民所系，利为民所谋

再伟大的理论，都离不开实干

都离不开脚踏实地的落实

理论是一张宏伟蓝图

等待着我们躬身践行

更要通过我们勤劳的双手

让一幅幅蓝图，演绎成一座座高楼

拔地而起，演绎成一座座桥梁

飞架南北，横跨东西

演绎成一项项科研成果，飞向太空

飞向祖国和人民的心窝

工作二十余年，我深深体会到

能与人民群众朝夕相处

能与人民群众心贴心、面对面

是多么幸福啊，多么自豪

作为为人民服务的一分子

我们所做的每一件工作

都很具体，都很细小

具体中彰显着风采

细小中映射着温暖

看似一件件小小的事情

具体到每一个家庭

具体到每一位患者

就是他们的柴米油盐

就是他们的整个天空

作为为人民服务的一分子

我们日常所做的

看似一件件小小的工作

犹如一道道美丽的彩虹

能映射到每一个温暖幸福的家庭

能辐射到每一位善良真诚的群众

它似一条长长的纽带

把生活中的你、我、他

紧紧地连在一起，牢牢地拴成一团

窗口，是社会的一个缩影

窗口，是社会的一个舞台

也许我们所做的工作

很平凡很普通，十年如一日

勤勤恳恳，默默无闻，任劳任怨

但换来的却是千家万户

笑绽颜开，其乐融融

我们甘愿做绿叶，即使

平平凡凡，也要张开笑脸

衬托红花的容颜

我们甘愿做小草，即使

无人知晓，也要抖动身躯

装扮春天的美丽

此刻的我呀

多么幸福，多么自豪

能通过我们热情细致周到的

工作作风，工作态度

服务人民，服务社会

让人民群众近距离感受到

每一个具体的幸福感，获得感

让社会的文明新风，吹拂到

每一个家庭，吹拂到每一个人的心田

就是我们每一个普通工作者的

莫大幸福和荣耀，就是对我们

每一个普通工作者的最高赞赏

就是对一个共产党员

具体为人民服务的最好阐释

就是对每一个普通工作者的最好慰藉

就是对每一个默默无闻劳动者的最大甘甜

此刻的我呀，多么幸福

多么自豪，能和祖国和人民一道

用我们的智慧和勤劳

为伟大祖国加砖添瓦

贡献出自身应有的微薄力量

让我倍感无比欣慰

让我倍感由衷自豪

生逢伟大时代，我们信心满满

干劲十足，每天都有一个心灵的呼唤

在我们耳旁无数次响起

每天都有一根美妙动人的心弦

在催促着我们不断向前，努力向前

只有努力向前，不断向前

让我们的生命之火，熊熊燃烧

让初心和向往，碰撞出

智慧耀眼的火花，绚丽夺目的光彩

才不负生命的旗帜，才不负伟大的时代

才不负执着的追求，才不负崇高的理想

旗　帜

面对鲜艳的五星红旗

我神采飞扬，思绪万千

面对神圣庄严的党旗

我热血沸腾，眼明心亮

这一面面旗帜，这一座座灯塔

时常让我的心灵受到洗礼，沐浴阳光

这面旗帜是无数先烈的鲜血染红

这面旗帜凝聚着共产党人的心血结晶

这面旗帜给摸索的先辈带来曙光

这面旗帜让无数英雄浴血沙场

这面旗帜引领着中华民族走向希望

这面旗帜让中华儿女吐露芬芳

这面旗帜带领着我们推翻三座大山

这面旗帜升起在奥运赛场为国争光

这面旗帜带领人民脱贫致富奔小康

这面旗帜让人民当家做主民心所向

这面旗帜闪耀在祖国的四面八方

茫茫戈壁有您飘荡的身影

雪山哨卡有您坚实的守护

边防国门有您伟岸的身姿

岛屿海礁有您坚守的模样

您飘荡在边远贫穷的山寨上

您飘荡在捐资助学的旗杆上

您飘荡在石油钻井平台的顶上

您飘荡在珠穆朗玛峰的山巅上

您飘荡在野外探险风餐露宿的肩膀上

您飘荡在科研工作挑灯夜战的台灯旁

您飘荡在中华儿女奋斗者的赶路上

您飘荡在随处可见的每一个人手中

看见您，就热血澎湃

看见您，就神采飞扬

一颗执着的心，怎样把您赞扬

一颗坚定的心，怎样把您传唱

您飘荡在神州大地每一个角落

您飘荡在华夏儿女每一个心房

伴随着嘹亮的国歌

我在心里深情地把您吟唱

举起赤胆忠心的右拳

面对着您铿锵有力的铮铮誓言

哪里最危险，您就飘荡在哪里

哪里最需要，您就第一时间赶到

您是中华民族的向心力

让无数华夏儿女赴汤蹈火在所不辞

您是中华民族的指路明灯

让我们不断从胜利走向新的胜利

您是中华民族前进的动力

让我们团结一致齐心携手奔明天

您是中华民族的伟大灵魂

让我们众志成城共铸神州复兴梦

重读方志敏《可爱的中国》

方志敏

《可爱的中国》

一碗熬得滚烫的心灵鸡汤

一碗从写就成篇

一直震古烁今的心灵鸡汤

这碗鸡汤

滋润过多少中华儿女的心灵

这碗鸡汤

令无数有良知的热血男儿

全身散发出

无与伦比的空前滚烫

方志敏烈士

一个每每提到名字

就让人热血沸腾的勇士

他的灵魂，他的英名

如同他的名字

无论世事多么沧桑

世道如何变迁

他的故事，他的事迹

无不感动着

千千万万优秀中华儿女的心灵

一回回，一遍遍

重读《可爱的中国》

每每让我眼眶湿润

他身居高位

面对敌人的搜捕

身上却很难找到一样

值钱的东西，以致

让反动派的喽啰们

都垂头丧气

这就是我们的共产党员

这就是我们的革命烈士

他革命的目的

哪里是为了个人的发财享受

哪里是为了家人的荣华富贵

不，他的心里

已经被旧中国的贫穷积弱

压得喘不过气来了

方志敏烈士

每每提到名字

就令我肃然起敬，眼眶湿润

无论多少年，这样的烈士

永远活在我的心中

活在亿万人民的心中

时代需要这样的楷模

这样的人，越多越好

如一缕春风

吹遍神州大地

吹向每一个人的心窝

重读《可爱的中国》

字里行间，真情永驻

千古文章，血泪铸就

浓浓的真情，直抵心窝

我在轻声读着

心里有一个声音

在呼唤着我，在催促着我

要将这篇文章的

优美片段，烂熟于心

如果有这个可能

我一定声情并茂

传播给在座各位

或者其他同胞

朗读时的感情，无须酝酿

只要一拉开感情的闸门

就将一发不可收

把听众和我

浓浓地融在一起

我是这样被感染的

同时，英烈的灵魂

也一并注入我的灵魂

一起成长，一同闪光

廉政的力量

廉政，让我最先想到莲花

出淤泥而不染，濯清涟而不妖

中通外直，香远益清

以高风亮节的气魄，让清廉飘荡

以洁白无瑕的尊贵，让世人敬仰

廉政，如一首清脆悦耳的童谣

唤醒了人们心灵深处的迷茫

廉政，如一曲美妙绝伦的音乐

唤醒了人们轻松背后的沉思

廉政，似一道坚不可摧的

天然屏障，抵御着寒潮的侵袭

我们生活在充满着蓬勃朝气

散发着浓浓青春气息

伟大温暖祥和的国度里

廉政，犹如国之重器

让祖国散发自信的光芒

让中华插上腾飞的翅膀

让华夏充满迷人的芳香

我要大声歌唱——廉政

国无廉不强，业无廉不旺

强基固本，廉政为纲

筑牢廉政，社稷永昌

廉政，并不遥远

与我们休戚与共，息息相关

廉政，是一种文化

让我们品德高尚，思想明亮

廉政，是一种道德

让我们克己奉公，孤守清正

廉政，是一种制度

让我们心存敬畏，自觉遵守

廉政，似一盏盏闪烁着

正义光芒的指路明灯

永远高高悬挂在我们的上空

是在监督，是在约束

是在自律，是在警醒

让我们的行为经受时间的考证

让我们的心灵经受慎独的洗礼

让我们的思想经受清廉的验证

廉政，似一把锋利的手术刀

会将自身逐渐腐烂的顽疾

勇敢而毫不留情地切掉

因为它会侵蚀我们强健的肌体

因为它会动摇我们顽强的意志

如果不敢对自身的毒瘤痛下杀手

有朝一日，全身

都会因侵入骨髓的毒瘤

而将整个肌体全都腐烂掉

因此不要讳疾忌医

这并非骇人听闻

这并非危言耸听

大量血淋淋的事实

一次又一次给我们敲响警钟

让我们的灵魂一次次受到洗礼

让我们的良心一遍遍经受煎熬

《生死抉择》反腐大片

时隔多年仍让心灵为之震颤

将廉政的铿锵响彻云霄

将廉政的警钟神州长鸣

将反腐的大幕划破长空

振兴中华，匹夫有责

我辈岂可，随波逐流

握紧正义的铁拳

怎可向腐败低头

救民于水火，铁肩担人间道义

匡危难中华，匹夫挑神州使命

不要总以为，廉政离我们很遥远

反腐倡廉的大片我们一次次观看

反腐警示的场面我们一次次参观

他们万般懊悔，悔不当初的贪念

他们痛哭流涕，声嘶力竭地呐喊

如一道道闪电，似一声声惊雷

为我们筑牢反腐倡廉的坚固堤坝

为我们敲响铿锵廉政的生命之钟

让我们在血的教训中猛然惊醒

让我们在泪的哭诉中警钟长鸣

党的十八大，历史新跨越

将廉政号角吹响华夏神州

一次次刮骨疗伤的空前阵痛

一次次史无前例的果敢勇猛

将腐败的毒瘤无情切除

将廉政的大旗迎风飘扬

让人民看到了国家力量

让人民对党永远充满希望

打铁还需自身硬

强健的肌体展示着正义的力量

自身的强大放射出正义的光芒

亲爱的党啊，伟大的党

您正以前所未有的勇气心向远方

您正以夙夜奉公的精神凝聚力量

亲爱的党啊，伟大的党

您正带领华夏儿女斗志昂扬齐声欢唱

全国亿万人民心贴着心，情连着情

紧紧跟随着您呀，紧紧依靠着您

意志坚定，万众一心，共同携手奔走

在华夏复兴，神州腾飞追梦的路上

面对繁华，我想着山那边

置身于市中心天府广场

无数灯盏，闪闪发亮

犹如一双双明亮的眼睛

游人如梭，将我紧紧环绕

车辆如潮，人声鼎沸

花团锦簇，热闹祥和

天府广场，令人向往

也许你早已司空见惯

但对于边远贫穷山区的

孩子们来说，却是他们的

梦想，他们的向往

他们被大山阻隔

来一趟天府广场

往往要翻越许多座大山

往返就需要一天的时间

旅途的劳累，早已习惯

整天置身于繁华都市

也许对外界的一切都

习以为常，不以为然

一想到，山那边的孩子

渴求的目光，内心的向往

我就顿时来了精神

怎能让孩子这并不算

过分的梦想，在沙滩上搁置

在田野中荒废

回想很久以前

我也曾是山那边的孩子

想着有一天，能走到繁华的

都市，好好看看外面的一切

开开眼界，这是小时候的梦想

在今日，就在我的脚下

虽然我习惯了都市的繁华忙碌

快速便捷，热闹欢乐

但我却一直都没有忘记

也无法忘记，山的那边还有

无数道渴求知识的目光

无数个心存美好的向往

我做了一个梦，梦见我

成为山那边一名光荣的

人民教师，辛勤园丁

我要带领孩子们翻越大山

实现梦想，带领他们

建设自己美好的家园，用双手

也能把城市的繁华，搬移过来

这一天，不会遥远

政府和人民，都在齐心协力

让家乡的天更蓝，水更绿

让牧民们能快乐地哼唱

让山中的燕子，都能欣赏到

新时代的新农村，正在

翻天覆地，正在快马加鞭

山那边爽朗欢快的阵阵笑声

已传到了我的耳边，我的心田

英雄的赤水河

赤水河，啊

英雄的赤水河

红军四渡赤水

书写天下传奇

你的英名，你的涛声

几十年前，就已载入

中华民族的英雄史册

现在的河水

依旧滔滔向前

面对河水，我陷入沉思

一条河流，却在中华民族的

危难时刻，如神来之笔

让这条英雄之河

成为千古绝唱

赤水河，红色的河水

红色的魂魄，红色的传承

红色的传统，红色的老区人民

红色的一砖一瓦

今日，来到这里

红色的基因，在我心里流淌

在我的血液里奔腾向前

一条普通的河，一条神奇的河

一条红色的河，一条英雄的河

我长久在河边漫步，沉思

英雄的党

之所以能取得一个又一个胜利

英雄的人民

之所以能战胜前行道路上

一次又一次艰难险阻

靠的是什么

是我们党的英明领导

是我们亿万人民的

齐心协力，背水一战

是我们中华儿女的

勇猛向前，众志成城

英雄的赤水河

你过去是骄傲的

今天的你，依然骄傲

因为这是一片红色的土地

这是一片英雄的土壤

这里的人民，一代又一代

被红色基因熏染

这里的后代，被英雄传统浸透

他们接过接力棒

锐意进取，拼搏向前

在当年英雄流血的地方

书写着新时代的壮丽画卷

长征的味道

自从踏上

富有红色基因的古蔺

远远就闻到了长征的味道

这里盛产名酒，酒香四溢

但长征的味道，依然

很浓很烈，很香很醇

在这片用英雄鲜血

染红的土地上

到处都生长着

长征的血脉，长征的基因

长征永世难忘的芳香

作为长征的后代

回顾着先烈的壮举

先烈的勇义

我怎可无动于衷

我怎能装聋作哑

我怎可接受良心的煎熬

每看一处战斗的场景

每听一句略带哽噎的讲解

内心都有无数个巨浪

在翻滚，在奔腾

耳旁好似电闪雷鸣

波涛汹涌

握紧双拳，仿佛回到了

充满硝烟的生死战场

无法想象

先烈在那样艰苦的年代

在那样连鸟

都很难飞过的环境

在那样险象环生

随时都会有意外降临

那样恶劣的环境

今天想起来都无不为之动容

长征的味道

是苦的，是甜的

是难忘的，是永久的

是扎根心里的

是深入骨髓的

长征的味道，是厚重的

长征的味道，是清醒的

长征的味道，是催人上进的

长征的味道，是永世难忘的

长征的味道

是红军草鞋上的泥巴

是艰难行走，拄着的拐杖

是把最后一口粮食

留给战友，互相谦让

是金色鱼钩在闪着金光

长征的味道

是到达终点时的

欢呼雀跃，喜极而泣

是红军主力会师后

两只大手的，紧紧相握

是苦尽甘来，尝尽

人间疾苦的，艰难挑战

长征的味道

是斗智斗勇，摆脱顽敌

围追堵截的英明领导

长征的味道

是一曲壮歌

让我们共产党人

在前进的道路上

永不后退，勇往直前

除夕，向哨兵敬礼

年三十晚上

当全国人民围坐在电视机前

一家人其乐融融

享受着祥和美好的亲情团聚

张张笑脸将过年的幸福

倾泻在脸庞，填满幸福笑窝

此时此刻，当你正在享受着

快乐祥和的时光，你可曾想到

在祖国的高山哨所，在祖国的

万里海疆，那里有我们的

人民子弟兵，一个个战士

持枪伫立，目光如炬

像一颗永不生锈的钉子

牢牢地紧紧地钉在祖国

边境线上，钉在祖国海岸线上

是啊，这就是我们的战士

这就是我们的人民子弟兵

只要身着军装，就把

无私奉献深深地镌刻在心灵

只要是祖国需要，就算是

在这哨位上，站上一万年

也心甘情愿，无怨无悔

奉献，永远与军人紧紧相连

奉献的清水，把军人的胃肠

洗涤得异常干净，军人永远

不攀比财富，不攀比名利

如果是为了财富而从军服役

那么在战场上牺牲的无数将士

该如何补偿？这是一笔

永远都算不完的账

年三十晚上，哪个不想家

放眼全国飞机场，火车站

汽车站，哪里不是人头攒动

络绎不绝，车水马龙，是啊

忙了一年了，哪个人不想回家

与亲人团聚，大包小包

背在肩上，再劳累再麻烦

都会不辞劳苦，把家中爹娘

守候，把家中亲人看望

此时此刻，站在祖国

边防线上的每一位哨兵

也很想家，也很想念家中的

亲爹亲娘，他们把想念包裹进

崇高的信念，他们把想念寄托在

亮闪闪的枪尖，他们把想念

凝聚在面朝家乡的方向，深情一望

他们把想念说给满天的星斗

请捎去我们对家乡父老乡亲的

情和爱，他们把想念说给

一片漆黑的天空，只有我们

守卫好边防，守卫好海疆

才会有全国人民的幸福安康

才会有祖国长治久安的坚强保障

我们苦吗？一点都不苦

因为我们心中装满了

对祖国无比深厚的爱和情

装满了对家乡父老的殷殷嘱托

假如时光可以倒流

假如还有来生，我还会选择

做一名军人，做一名海防军人

我还会站在原来的哨位

原来的位置，我站在这儿

一点也不会感到枯燥无味

一点也不会感到孤独寂寞

因为在我们的身后

有我们永生难忘的亲爹亲娘

有我们蒸蒸日上繁荣昌盛的

伟大祖国，有我们永远不倒

誓死捍卫的坚定信仰，执着前行

当祖国需要时

当百年不遇的机会

瞬间展现在我的眼前

我有些不知所措

那就是这次要到甘孜县

任驻村第一书记了

这是我第一次到农村工作

虽然我老家也是农村

我地地道道在农村长大

对农村有着深厚的感情

这次去农村工作

我把它当作回老家

再有几天，我就会见到

我的亲人，我的乡亲们

这次我是到农村来工作的

我要虚心向乡亲们学习

农民兄弟们最纯朴最真诚

如果组织让我任第一书记

我一定任劳任怨，带领乡亲们

改变现时的面貌，让农村更美

让乡亲们的日子更甜

能到农村工作，是人生一次

难得的机遇，我要倍加珍惜

我没有什么可怕的

也没有什么后顾之忧

当组织需要我的时候

当祖国需要我的时候

我就应当义不容辞，挺身而出

纵然你有千条理由，万般说法

祖国的需要，大于天

我为什么要这样做

因为我是一名光荣的共产党员

我曾在党旗下庄严宣誓过

这次是驻村帮扶，是去乡村振兴

是去高海拔地区，是去少数民族

聚居区，条件愈坚苦

愈是对我的考验和磨炼

党培养了我这么多年

这次终于有机会为党做些

最具体最紧要的工作

我感到无上光荣，虽然

每个人，每个家庭，都有

这样那样的实际情况

但当组织需要我，党需要我

我没有任何理由犹豫不决

我没有任何说辞态度暧昧

既然我是一名入党多年的老党员

就应该在关键时刻，为年轻人

做出榜样，做好表率

能在一起共事，是上天的缘分

既然组织需要我，既然我已

下定决心把这件光荣而艰巨的

任务，完成好，这是我的诺言

更是我的行动准则

作为一名共产党员，站位要高

吃苦算什么，我一直信奉吃苦是福

也许吃苦就是我的命，就是

我的追求，在吃苦中更加坚定

在吃苦中能让我一直心向远方

在吃苦中能让我更深切地体会到

农民兄弟需要什么，更进一步

了解他们，熟悉他们，与他们

打成一片，携起手来一同前行

当机遇来临，我有决心

也有信心，更有顽强干劲

和不服输的韧性

生命是需要拼一把的

你不在实践中摸爬滚打

你不在现实中勇于锤炼

你不在艰苦环境中做出成绩

那你又拿什么来让别人信服

一切都需要用事实来说话

马上就要上战场，马上就要

新征程，无论别人怎么理解

都不重要，我只管做好

眼前一切，一步一个脚印

扎扎实实，稳扎稳打

用表率作用引领群众

用扎实作风鼓舞群众

艰难困苦，玉汝于成

没有克服不了的困难

也没有攻克不了的堡垒

咬紧牙关，坚持到底

胜利一定不会辜负

任何一个为之默默努力之人

成功一定会让拼搏者

心想事成，笑到最后，痛饮甘露

我不需要多余的每一分钱

我不需要多余的每一分钱

本来就有满意的工作

本来就有满足的工资

还需要那多余的

每一分钱，来做什么

人，在任何时候

都要学会满足，不是穷

而是贪欲不足，在贪欲面前

似乎把全世界的钞票

放在他面前，都不能满足

我不需要多余的每一分钱

那是因为，我想做一个干净的人

我想做一个自由的人，假如

你投机取巧，贪赃枉法

并且拥有很多不义之财

那样的你，能睡好觉吗

能心安理得，呼呼大睡吗

做人，有时候并不一定

要比金钱上的富有，如果真要比

那就请你离开体制，离开队伍

这个队伍，不允许你发财

这个体制，也没有给你发财

提供便利，创造条件

走进体制，走进队伍

是让你为老百姓办实事，解难题

是让你永远听党话，跟党走

是让你一切要把人民群众的利益

放在首位，作为坐标，作为指南

我不需要多余的每一分钱

工资中的每一分钱，都是党给的

都是人民给的，时时心怀感恩

如果思想正确了，如果内心

满足了，还要那多余的

每一分钱来做什么，因为金钱

永远都不是万能的

我不需要多余的每一分钱

这是我的原则，这是我的戒律

这是我的崇尚，这是我的底线

无论别人多么富有，我不羡慕

无论别人豪车名牌，别墅山珍

在我看来，都一样活

都一样过，我追求精神的富足

我崇尚精神的超越，只要内心

幸福，就是最大的满足

我不需要多余的每一分钱

是因为无论如何，我都不想

成为一个拥有很多资金的老板

我不想发财，也不想天上掉馅饼

也不想白日做梦，更不想

不劳而获，心存侥幸

无论别人怎么理解

都不重要，我只想做一回

真正的自己，真实的自己

做一个干干净净的人

做一个干干净净的人

是我的向往，是我的执着

不干净的人，不干净的事

总会有小尾巴

让别人拉着，一不听话

就会被别人，当作把柄

当作短处，当作你

唯唯诺诺，为别人牵制的

砝码和条件，这样活着

自由吗，畅快吗

做一个干干净净的人

最起码心无旁骛

可以安安稳稳睡个好觉

不想受别人控制束缚

你知道这个世界上

什么最宝贵吗？一是健康

另一个就是自由

为什么，就不能

做一个干干净净的人呢

是贪欲在作怪

是侥幸心理在发芽

还是欲望的猛虎

在虎视眈眈

欲望的沟壑，能填平吗

为什么要和自己过不去

总是不知足，总是不满足呢

那么多不如自己的人

不也一样过来了吗

如果一直被欲望所左右

被欲望的猛虎所牵制

人啊，活着是多么的

艰难和无奈

不要让刚直的脊梁骨弯曲

也不要让高贵的头颅

低头不语，向来都是

扬眉吐气，意气风发

为何要为五斗米折腰

只要你自己不想犯错误

不想去河边走

别人怎么可能

把你强行拖下水，拉下马

人活在世上，特别是

经历了艰难困苦的人

一定有着惊人的毅力定力

有些场所是不能染指的

抱着试一试的心态

一旦失足，后悔莫及

做一个干干净净的人

到底有什么不好

不要过于羡慕

那些不需要的身外之物

当你实在管不住

欲壑难平的野马时

会有人帮你管住

这匹脱缰的野兽

可能是外力，也可能是你

非常不愿意去

也根本不想去的地方

干净的人，面条也可以

让人吃得满面春风

稀饭泡菜，也可以

让人吃得津津有味

我们在羡慕别人的同时

你可知道有多少人

在羡慕着，此时此刻的我们

我们现在所拥有的

也许是很多有志青年

今生梦寐以求的向往

今生苦苦奋斗的远方

朋友们，知足吧

人活在世上，平安最重要

制度原则面前

不可逾越底线

不要胆大妄为

如果真的非要试一试

后悔没有解药

人生没有回头路

一旦误入歧途，就会让

几十年的清白，毁于一旦

就会让几十年积攒的名声

竖起的口碑，被污水浸泡

无脸见人，羞愧难当

这个账不敢细算

也永远算不完，孰轻孰重

孰是孰非，孰多孰少

难道我们真的

看不清，摸不透吗

飘扬啊，青春

飘扬啊，青春

青春，似一团熊熊燃烧的

烈火，燃向平原

燃向山巅，燃向大海

燃向每一个有志青年的心间

飘扬的青春，啊

是用来燃烧的，火焰

冲破黎明，冲破黄昏

把每一个朝阳

送给年轻蓬勃向上的青年

用每一个多彩的晚霞

点亮有志青年

发奋努力的身影

飘扬的青春，啊

我为你鼓掌，我为你加油

你是那样神采飞扬

你是那样热血沸腾

我要在充满热血的熔炉里

锻造出坚不可摧的

意志和毅力

用这把锋利的利剑

辟出一条金光大道

飘扬吧，青春

青春属于每一个闪亮青年

他们意气风发，斗志昂扬

我羡慕着，我追逐着

我与飘扬的青春

如胶似漆，嬉戏打闹

青春将我紧紧缠绕，热烈拥抱

我与青春滚成一团，燃成一片

飘扬的青春啊，多么美好

人生的青春时光，像熊熊燃烧的

火焰，炙烤着天空，把大地

烘烤得很松软，青春的烈火

你为何就一直噼噼啪啪燃个不停

我徜徉在青春烈火的怀抱里

被熔化，被翻腾，被炙烤得

体无完肤，可我毅然决然地

还要将火焰般的青春紧紧拥抱

因为青春只有一次，永难复还

因为青春滚烫灼热，激情永远

大爱无疆

大爱无疆，大爱

有疆吗？肯定无疆

源于大爱广阔无垠

触角可以伸向太空

伸向宇宙，伸向无限

大爱，让人敬佩

让人敬仰，在大爱面前

我们都是凡夫俗子

因为大爱超越地域

超越亲情，超越狭窄的自我

超越历史，超越天空

何谓大爱，大爱

就是忘我，就是奉献

就是心中只有他人

他要把一世英名洒向人间

他要把无私奉献播撒寰宇

他要把精神永恒镌刻永远

能达到大爱的境界

是精神的胜利，是格局的宽广

是人类的精英，是灵魂的崇高

社会需要大爱，人间需要温暖

大爱能让人间其乐融融

大爱能让人间团团圆圆

倡导大爱，崇尚大爱

做大爱的薪火传承

做大爱的永久接力

在大爱中燃烧灵魂提升自我

在大爱中释放能量沉淀结晶

在大爱中凝心聚力众志成城

大爱无疆，是我们的崇尚

是我们的目标，是我们的向往

似一面面迎风招展的旗帜

吹拂在社会每一个角落

响彻在每一个人的心田

大爱无疆，似一首动听的
正气歌，把我们心灵洗涤
让我们纯洁无私，让我们
心向远方，让我们精神腾飞
让我们境界高远，让社会
更加蓬勃，走向无限深远

我愿走遍祖国的山山水水

祖国的山山水水，何等壮观

何其辽阔，常常让我站在

地图面前，久久端详，久久细看

这张地图，让我看得血脉偾张

这张地图，常常让我手不释卷

我拿着这张地图，准备走遍

祖国的山山水水，准备在

祖国的怀抱里任意徜徉

祖国的山山水水，层峦叠嶂

巍峨雄奇，这么多如此迷人的

地方，我怎能找借口，我怎能

瞒哄内心，说什么我都要把

祖国的山山水水，好好走个遍

这是我的愿望，这是我的目标

我用脚丈量祖国的山山水水

我用眼记录下祖国每一寸云端

每到一处，使劲吮吸着祖国

每一寸迷人的肌肤和美丽

祖国啊，您一直都这样美

一直都是中华儿女的骄傲

在这样的国度里，每天都与

祖国的山山水水，融为一体

我徜徉在山水之间，仿佛掉入

一个迷人的仙境，再也走不出

祖国的温馨，祖国的浪漫

我愿走遍祖国的山山水水

用最好的画笔，画下每一个

动人心魄的瞬间，用最

激情澎湃的诗句，把您赞扬

把您点燃，祖国是我们的全部

每一处山水，都是华夏儿女

为大地母亲容颜的雕琢修饰

每一处山水，都是华夏儿女

献给大地母亲永久的浓浓情意

第三辑

献给
热爱学习的
你

在学习环境里浸泡自我

无数事实，再一次证明

爱学习

是每一位成功者必备的素质

在良好的学习环境中

我们与求知者，一路同行

从不觉得苦，更不觉得累

在这种氛围中

不自觉地会认为

学习，是一件

很轻松，很愉快的事情

没有任何人逼迫

也没有任何人明令要求

一次又一次走入学习的海洋

与众多年轻的求知者

一起浸泡，一起熏染

只要你自觉或者不自觉

成为一名学习爱好者

那么恭喜你

你已经成功一半

爱学习，勤学习，善学习

天下无不可成之事

任何一项伟大的事业

只要你爱上了学习

这把尚方宝剑

就没有劈不开的顽石

就没有克服不了的困难

只要走入学习的氛围

就像走入无人之境

就会瞬间

让自己强大起来，勇猛起来

你会瞬间感受到

你是这个世界上

最勇猛的人，最顽强的人

最不可战胜的人

养成爱学习的良好习惯

人会不断变得聪颖

人也会不断拥有智慧

人也会不断少走很多弯路

人的情绪也会不断

趋向稳定，克服急躁

既然学习

有这么多这么大的

特殊功效，不热爱

能找到充足的理由吗

爱学习，是一种习惯

是一种智慧，是一种明智

更是一种自救

你为什么会是今天的你

总感到这也不如人

那也没有别人好

那我今天就给你一把金钥匙

拼尽一切功夫努力学习

长期坚持下去

必有收获，必有所成

一切必会事遂人愿

因为上天不会亏待

任何一位为之

默默无闻辛苦努力之人

学习是一次美好的机会

学习是一个终生

都应该拥有的习惯

人生之中习惯有千千种

而唯独学习这种习惯

能够陪伴终生，是人生至幸

因为能拉开人生差距

最快的捷径

唯有学习，别无他途

我们面对任何一项失败

不断地在努力费尽心思

寻找外因

把一切都归于外因

而究其实

失败最大的根源

皆取决于内因

取决于我们的头脑

取决于我们对事物

有没有一个

准确的看法，准确的定位

而这一切的一切

来源于什么

来源于我们的大脑

来源于我们的认知

来源于我们

对外界一切的判断选择取舍

而能否坚持长期学习

能否从学习中汲取营养

成为这一切

最关键的因素，决定性的根源

亲爱的朋友们

为了改变你的命运

为了改变眼前

不满意不满足的现状

为了实现心中

永久的理想信念目标

一起来努力学习吧

沉浸在学习的大海里

方向永远不会错

人生永远不会迷路

永远会给我们无穷无尽的力量

热爱学习,永久学习

终生学习,只会让我们

更加幸福,更加成功

拥抱知识

在所有的拥抱中

再也没有任何一种拥抱

能与拥抱知识媲美

置身书的海洋，岂止是

与书拥抱，与书缠绵，如同

在琳琅满目书的海洋中畅游

早已被书俘虏，被书虐待

即使这样做俘虏，被虐待

好像也心甘情愿，不愿反抗

拥抱知识，你就拥有了力量

人类社会发展上下几千年

老祖宗给我们留下了

如此深厚的辉煌灿烂的文化

它是优秀文化的沉淀

它是文明智慧的结晶

是最有营养的保健品

汲取这些营养，是一种幸福

我们不能成为知识的残缺者

也许人和人，真正的区别

就是在拥有知识的广度和深度上

有着很大的不同和差异

一时半会看不到，显现不出来

天长日久，在一起奔跑

慢慢就拉开了差距，拉开了

思想上能力上的差距

现实社会的竞争，归根到底

就是知识总量的竞争

能力水平的竞争，一切能力的

根基，总也离不开知识的

博大精深，枝繁叶茂

储备好广博的知识，是一种远见

是一种先见之明，能否比别人

走得更远，走得更快，知识的

根基，是否茂密，是否发达

极为关键，无法替代

拥抱知识，就会拥有成熟

拥有智慧，拥有聪慧的思想

因为知识是所拥有一切的

根基和天空，只有先拥有知识

才能在社会实践中去验证

去实践，去充实，去沉淀

经过岁月的洗涤和磨炼

你就会更加走向成熟，走向

智慧，走向幸福美好的人生

献给热爱学习的你

看着你认真学习的样子

为你点赞，为你加油

你热爱学习，这是好事

书店就像是你的温暖的家

图书馆就像是你温馨的港湾

看着你一脸刻苦学习的神态

真为你高兴，真为你骄傲

不错，你的确长大了

一个人懂得自觉学习

从不让我们督促，从不让

我们烦心，你独自一人

去了书店，去了图书馆

懂得认真学习，自觉学习

这是一种好习惯，把这种

习惯保持良久，就会给学习

带来方便，带来机遇，不要

不相信，坚持下来，幸福的

甜果，会让你甜在心里

学习，是一件很美好的事情

在校学习的时间，毕竟有限

能全身心投入学习，是一种幸福

可能你现在还完全体会不到

未来是一个激烈竞争的社会

现在不练好武功，想在激烈的

厮杀中赢得胜利，谈何容易

学生时代，以学为主

既然拥有这么良好的

学习环境，优越的学习条件

为什么不加珍惜呢

任何知识，就像成熟了的庄稼

你不去地里面收割

它是不会让你白白收获的

你是全家人的希望

我们一直不想给你过多的压力

只想让你轻装前进，那样也许

走得更轻松，效果更好，效率

更高，看着你认真学习的样子

我们从心眼里感到高兴和欣慰

我们不能替你学习，如果真能

替你，我们会比你更刻苦

我们是过来人，世事的风霜

让我们更加了解社会，在有些

方面不成功，甚或是处处碰壁

这些或多或少与我们当初

学习抓得不紧，没有充分意识到

学习的重要性，有很大关系

可惜这一切都为时已晚，想重新

走进学校，从头再来，只能

成为一种永远无法实现的梦想

学习，仅仅是一次宝贵的机会

过了这个村，就没有这个店了

学习很辛苦，苦一时也许会

甜一生，现在大家都在奔跑
劲头很重要，气可鼓而不可泄
把这股劲头保持到底
把引领航向的红旗，插在心头

一切都会好起来，日月在向前
时光在向前冲刺，你也在冲刺
一次又一次的考试，会让你的
羽翼更丰满，更坚硬，经受住了
这一次次考验，一次次磨炼
你就会飞得更好，飞得更高
成功的凯旋门，在向你招手
胜利的玫瑰花，在向你微笑
你只要一直保持好这股强劲
的势头，一直坚持，坚持到底
就会让胜利的鲜花，开满山坡
就会让成功的喜悦，缀满心头

苦中有味道

生命是自己独有的

人生是一场体验

更是一种与机会命运的较量

怎样的活法都可以

有些是自己可以改变的

有些却是自己改变不了的

随时都在长大

随时都有可能后悔

痛苦是对人生最好的磨炼

厄运锻铸出来的

永远都是最坚硬的钢板

感谢磨炼，感谢痛苦

感谢后悔，感谢折磨

感谢挫折与失意

感谢上当受骗

这一切的一切

成就了现在的你

不后悔，不自卑

独一无二的你，无法复制

纵然你有千般万般苦

只要你敢于寻找

比你苦的人，也许更多

相信很多人

都是跑到这个世界来享福的

而唯独，我不是

因为享福，往往和堕落

联系在一起，我不想堕落

因此，我远离享福

吃苦虽然苦，但吃苦

往往和充实生活在一起

我不想给生活留下虚无

因此，总想在吃苦的

田野里，种植充实

学生时代，苦涩中渗透着香甜

不期而遇，一身红色的衣服

带着青少年的色彩，来到了图书馆

昨天见到了你，今天又见到了你

你是一名学生，在春节这短短

几天里，你像上学一样在图书馆

做着作业，温习着功课

看到你，我想到了小时候的

学生生活，家庭条件虽然艰苦

但我依然能够勤奋学习

虽然成绩不够理想，学习精神

还算刻苦，学生时代，多么让人

难以忘怀的年代，留给每个人

难忘的回忆，珍贵的记忆

能在学校里专心致志，一心一意

求学苦学，是一件幸福的事情

无忧无虑，不为衣食而忧

假如能重新回到学校，我肯定

学习劲头会更不一般，可惜

那已成不能回头的过往

在众多的学生中，你的成绩

总是遥遥领先，别人怎么追也追不上

可想而知，在最后高考较量中

你名列前茅，如愿以偿

相同的起跑线，让人生就此

出现了转折，让命运也天各一方

在家乡学校的十多年，让我把

对家乡思念的根，扎得更牢

每次探亲回家总要到熟悉而又

陌生的学校，去看看，去走走

今非昔比，学校的环境变化很快

几乎找不到先前的一切

文明先进的校园，让莘莘学子

如春蚕般勤奋，夜以继日

吮吸着知识的芳香

想念艰苦的学生时代

那是青春的激扬，那是青春的

萌动，那是生产抱负的摇篮

那是胸怀世界的出发地

那是展翅高飞前的练兵场

那是即将出炉的火箭弹

那是准备上膛的一发发子弹

无论一个人有多么大的

杰出成就，丰功伟绩

学生时代起着奠基石的作用

青春是那样无邪，内心是那样

纯净，心灵是那样光洁透明

让人生充满着幻想，充满着

梦想，充满着对美好生活的

渴望，充满着对前途命运的向往

学生时代，为人生加满了奔跑的

第一次油，这桶油一直在燃烧

在熊熊烈火中演绎着青春的荡漾

在熊熊火焰中映射出青春的倩影

站在书架之前

站在书架之前

书架比我高出许多

我仰望着书的崇高

书的伟岸，书的雄伟挺拔

一排排书，犹如一座座山峰

巍然屹立在我的胸前

让我这般敬仰

让我发自内心把你赞扬

自从有了文化的传承

书籍就应运而生

一本本图书，犹如一位位

文化巨人，把古今中外

优秀文化遗产，毫无保留

传给后世，传给现今

一本本图书，犹如一位位

传经送宝者，肩负着

神圣的使命，为我们辛劳

为我们付出，默默奉献

站在书架之前，我感觉出

前所未有的力量，这力量

来自书架的伟岸，来自书香的

润泽，来自智慧的启迪

我站在书架前，思索良久

仿佛他乡遇故人，握住书架的

边缘，仿佛握住了老朋友

温暖有力的双手，久久不愿松开

站在书架前，智慧之风

扑面而来，浸润着我的身心

我被知识的琼浆灌得猛醉

我被智慧的微风陶冶着

这是何等享受与愉悦

我陶醉在知识海洋里不能自拔

索性就与知识智慧相拥而眠

久久不愿分开，永远不愿分开

站在书架之前，我怎可

无动于衷，我被智慧所俘虏

知识的博大精深，让我

深深陶醉，让我顶礼膜拜

在书的海洋中，我们永远

都是大海中的一粟，唯有

用知识的光芒，智慧的琼浆

把我们武装，我们才会

羽翼丰满，走向成熟，迈向坚强

无声榜样，励我前行

置身图书馆

看见许许多多学生

一整天沉浸在里面

我出于对诗歌的热爱

也出于为寻求一个

能让自己全力以赴的环境

与这些比我小十多岁

甚至小二十多岁的

学生们，孩子们

在一起学习

学习是一种陪伴

奋斗是一种陪伴

我们彼此坐在一张

圆形大桌前

彼此都心照不宣

各自做着热爱的事情

学生以学为主

在演算着习题

在默读着，在画着

在记着，以各种学习姿态

在感染着我，感召着我

我们彼此成为

互相学习最好的榜样

人都是有惰性的

在这个年轻人的集群里

我忘掉了年龄

忘掉了饥饿

忘掉了所有的烦恼

因为学生们，学子们

给我做出了无声的榜样

与此同时，彼此

都是一面最好的镜子

他们也许在繁忙的

学习之余，利用眼睛

休息片刻，环顾一下四周

发现有一位长者，似乎

可以给自己做父亲的长辈

还在学习，还在努力

这也许就是榜样的力量

我们在一起，不分年龄

在一起学习，在一起陪伴

在一起照射着对方

在一起以自觉学习的精神

感召着对方，鼓励着对方

或者说对于自制力

有限者来说，就是最好的监督

这种环境很好，这种氛围

发自内心地喜欢

人是环境的产物

在什么样的环境

就会成为什么样的人

有利于自身成长的环境

能让人克服一切阻碍

不断向前，本身

就极为难得，自己想成功

没有任何力量阻挡得住

做任何一样事情

不能坚持到底

或者最终没有取得成功

这与环境有着密不可分的联系

近朱者赤，近墨者黑

我们不能决定天晴下雨

但自身的生长环境

完全取决于你自己的

进退去留，勇敢取舍

虽然外面车水马龙

虽然外面灯红酒绿

虽然外面人声鼎沸

但置身于图书馆

仿佛置身于世外桃源

有时想想，学习也并没有

那么苦，奋斗也并没有

那么信誓旦旦，一切都很随和

一切都很自然，只要你

走对了地方，只要你

走进了引力场，一切都会像

高速旋转的陀螺，永不停歇地

自动旋转，自由旋转

成功只是迟早，因为你已

步入了驶向成功的快车道

成绩引领着我们不断向前

能鼓励你不断向前的

就是破除一切阻碍

去取得更大的成绩

成绩

将是你最大的鼓励

成绩是有声的

它会唤醒奋斗者

成绩是无声的

它会引领你默默向前

说一万句

不如一个具体的成绩

成绩最能打脸

它会让看不起你的人

心悦诚服

虽然表面不屑一顾

为什么好多事情

不能让我们坚持到底

那是因为一直

都没有阶段性成绩

把我们的脆弱性努力支撑

每一个奋斗者

都有血有肉

是人而不是神

让人坚持到底的

就是在茫茫行走的路上

不断地看到希望

看到烟火，看到村庄

如果对一件

热爱着的事情

还不能做到

全力以赴，废寝忘食

还不能做到痴迷的热爱

不顾一切地愿意为此

毫无任何代价

不讲任何条件

长久地努力奋斗

长久地坚持到底

那一定是暂时

还没有看到眼前的成绩

我们都知道

事物的质变从量变开始

只有量达到一定程度

才能发生质的变化

但这个量变过程中

也需要不时地冒个泡泡

不时地发个声响

不然任何一项

伟大的事业

又如何让人们

为之默默支持，暗暗前行

让岁月做证

让岁月做证

我不曾迷茫

我一直在赶路

我停不下前行的步伐

我无法将抬起的脚收回

奔向目的地，奔向远方

这是我最想去的地方

为此，我无法有丝毫懈怠

无论别人怎么说

一旦起程，就再也不想

回头，退路已被斩断

让岁月做证

自从有了这一亩三分地

我没日没夜辛苦耕耘

总想着来年有个好收成

也许是我心还不够诚

也许是我功还没用到位

也许是上苍在继续考验我

无论是哪一种，我都

欣然接受，既然生命

就是一场体验，在文字的

百花园里，也可以体味出

人间百态，也可以品尝出

人世间最迷人的芳香

让岁月做证

我一直爱着脚下

这片神奇的土地，一直爱着

再苦再累再难，都没有放弃

没有抱怨，土地是我的衣食父母

土地是我生存的唯一梦想

我愿在这片土地坚守永恒信念

我愿在这片土地流血流汗

耕耘着，快乐着，展望着希望

劳累着，奔波着，怀揣着梦想

让岁月做证

我不想辜负生命

总是想把生命中的每一天

活成精彩绝伦的两天

生命的长度，无法把握

生命的宽度，却可以让它

尽可能地宽，这是目标

这是向往，生命的每一天

都是锃光瓦亮的，无法辜负

不能在岸边观看，勇敢跳下去

才能在惊涛骇浪中，展示

生命个性，书写传奇人生

生命的高度

生命的高度

向来不以空中

俯瞰的高度

来丈量，来测算

纵然在腾云驾雾的云层中

生命的高度

永远是生命的境界

生命的格局

生命

多么富有感染力的词汇

人类文明几千年

生命一词，贯古恒今

以持久耀眼的光芒

震古烁今，光耀四方

我们咏叹

生命的高贵，生命的永恒

生命与我们相拥

在生命的火热中

感受着铿锵与烈度

在生命的耀眼中

沐浴着辉煌与绽放

啊，生命的高度

你竟这般神奇伟岸

让我顶礼膜拜

让我俯首帖耳

让我今生

永远把你歌唱，把你赞颂

啊，生命的高度

在几千米的高空中

你让我回味无穷

我把你视若珍宝

你时刻与我相伴

我永生把你留恋

啊，生命的高度

你让我揣摩到了

生命的分量，生命的辉煌

在烈火与永恒中

把生命锻铸成钢

在精神与境界中

让生命绽放光芒

他用学习演绎勤奋

下班搭乘地铁

对面有一位男孩

站在我的对面

一手拿着作业本

一手在用笔演算习题

他有十三四岁

也许在上初一初二

学习认真刻苦

从演算姿态可以看出

我也曾有过这种年龄

那已是三十年前的事了

那时的我也很认真刻苦

只是到了一定阶段

这种学习的劲头就丢失了

一道一道习题

在他手里，就像医生

用手术刀，在为病人

切除毒瘤，又像画家

用丹青，绘制一幅美景

又像绣花姑娘，用手中丝线

绣出最美的图案

花一样年龄，花一样少年

我们都曾经年轻

岁月又在我们额头增添了

新的皱纹，怎样才能让岁月

做短暂停留，怎样才能让青春

再次焕发生机，从对面的少年

我找到了青春不老

我找到了从头再来

有一种爱好

有一种爱好

能让人把一切

踩在脚下，都在所不惜

有一种爱好

能让人不顾一切

全神贯注，如痴如醉

能让人欲罢不能的爱好

是深入骨髓的

是镌刻在心房的

是用生命铸成的

要拿走这种爱好

不但要夺走他的生命

还需要夺走他的灵魂

否则，残存在心里的

一星半点的火星

迟早还会复燃

你们那点爱好

算得了什么

想爱好，就爱好

不爱好，也罢

这样只能叫作玩耍

叫作游戏，叫作作践自己

有一种爱好，经得起

人生的考量，天地的考验

这种爱好早已深思熟虑

早已瓜熟蒂落，早已

看破红尘，早已心有所属

有了爱好，就有了主心骨

就有了定心丸

就有了随时随地

都可以玩耍的神奇游戏

不要动不动就说事业

好不好，那样过于神圣

过于庄重，反而让人

产生距离感，一切都是

很朴素，很自如，很自然的

就像我们每天穿衣吃饭

那样简单，那样自然

那样习以为常，随心所欲

一切都没有压力

一切都收放自如

一切都像在天空中放风筝

心就像飘在天空中的风筝

而让我们永远不变的

就是时时握紧手中的线

珍惜生命

生命是用来珍惜的

当然热爱是前提

但热爱的最终结果

还是珍惜生命

试想一下

一个非常珍惜生命的人

会不热爱生命吗

生命是用来珍惜的

它不是用来叹息的

也不是用来懊悔的

所有的叹息懊悔

都会让宝贵生命的价值

大打折扣

都会让宝贵的生命

愈发苍白

人最幸福的时候

就是对生命有了理解

人最开悟的时候

就是对生命开始探询

每个人的认知不同

对生命理解的层次

和深刻肤浅，也各不相同

也许每一个人

倾其一生都活在

对生命的认知里

认知达不到开悟

认知达不到顶峰

所以说，有一些人

直到临终和这个世界

说再见，都没有彻底

弄清楚，人究竟

是为什么而活在这个世界上

既然生命这么宝贵

既然生命无法逆转

无法复制

只有这宝贵一回

我们有什么理由

来挥洒，来浪费，来沉迷

诚然人生是一次体验

生命充当了这次体验的主体

如果不热爱生命

不珍惜生命

怎么来享受

这千年不遇的体验

宇宙何其浩瀚

苍穹无尽无边

世界之大，超乎人们想象

我们身居这宽广无边

何其渺小

渺小如尘埃，如流星

甚至连尘埃流星都不是

那我们活着的终极目标

终极意义，又是什么

在宽广无边的宇宙里

人世间的所有烦恼

所有的不快乐

所有的苦闷忧伤，担惊受怕

都显得多么不值一提

每天活着的真正使命

就是快乐地活着

健康地活着，活得有方向

活得内心充实

活得尽可能问心无愧

如果若干年后

回顾生命的整个旅程

毫无遗憾

毫无愧色，说一句

无愧于生命，无愧于人生

那他才算

真正来到过这个世界

我们每天都在消耗着

生命的代金券

这些代金券都是极其有限的

只会愈用愈少

就算上天恩赐

让你生命的代金券

富有到一百多岁

在宇宙长河里

依然只是短暂一瞬

此时金钱的富有

升迁的快慢，权力的大小

在浩瀚的宇宙里

在快似闪电的生命面前

多么苍白无力

多么不值一提

多么让人仰望星空

思绪万千，浮想联翩

生命中的高考

高考，虽已过去多年

每当想起忆起，总会让我

彻夜难忘，心情激荡

有时常常让我在梦里

把高考重新捡拾，反复端详

生命中的高考，就这样

稳稳地深扎进我的脑际

偶然回想起那段难忘岁月

都让我泪目，是忧是喜

是人生的过往，是命运的回荡

生命中的高考，竟这样深深地

久久地扎进我的心房，高考

让我无数次把你回忆，让我无数次

将你细细端详，你到底用什么

迷魂汤，让我这样为你久久神往

生命中的高考，是一种精神

是一种艰辛，这种精神的精髓

就是勇敢地拼搏，决不服输

就算是倒下，也要敢于亮剑

高考中绷紧的那根弦，整整绷了

好几年，那几年中，昼思夜想的

是高考，走路讨论的还是高考

那时的高考，是人生命运的转折

是美好前程的向往，是鲤鱼跳龙门

是爹娘兄弟姐妹的希望

更是自己到达理想彼岸

最短最佳的捷径，无论基础如何

无论水平高低，既然机会来临

岂可等待，岂可错过，为何不勇敢

去试一试，铆足劲头，奋力一搏

回忆当初岁月，正是为了走好

今天的路程，生命中的高考

那股劲头，永远都不能丢

孤注一掷，奋力一搏，全力以赴
永不服输，咬紧牙关，背水一战
虽然努力的结果，也许会让人
头破血流，不尽人意
但毕竟参与过，拼搏过，这种
精神早已深入骨髓，永伴前行

每每提及当年的高考，都会让我
热血沸腾，激动不已，试想
从小学到初中到高中，一路走来
挑灯夜战，苦乐相伴，高考是每个
学生初次参加人生最大最艰苦的
一场战役，这场战役也许会让我们
丢盔弃甲，损失惨重，也许我们
会在这场战役中笑过哭过
劳累过快乐过，所有这一切
都是我们人生最好最珍贵的宝藏
都是人生命运的馈赠和感动

这场战役，让我们刻骨铭心
让我们至今难忘，无论怎么纪念

都难以表达我内心所思所想

当年的高考已渐渐远去，渐行渐远

生命中的高考，每天都有一张

新的答卷，呈现在我们面前

怎能忘记当年的含辛茹苦

怎能忘记往昔的求索艰辛

仅凭这一永远难忘的苦难艰辛

你有颓废堕落的理由和资格吗

你有辜负当初雄心抱负的借口吗

如果不想承担忍受太多的问责

如果不想接受良心的时时讨伐

该怎么做的你，还要我给你答案吗

充电的人生

漫步于大街小巷

总会见到各式充电器

稳稳当当矗立在街道两旁

它们担负着充电的功能

简便快捷，随时可充

为人们日常生活提供方便

为人们出行免除后顾烦恼

手机没电了，立马就要充

特别是现代快节奏高效率

手机日常办公必不可少

可想而知，手机没电了

犹如瞬间失联，音讯皆无

既影响日常工作联系发展

又让亲朋好友牵肠挂肚

能充电的岂止是手机

人生也需要不断充电

不是吗？置身于大街小巷

置身于公共交通，人们

在手机上接受着信息的碰撞

在各类图书馆，在大小书店

翻开的每一本书，都在我们

面前，翻开了一个新的世界

翻开了崭新的一天

人生的充电，知识成为首选

不学无术的年代早已远去

知识爆炸的时代早已来临

对固有的知识不更新换代

就会被快速发展时代所淹没

只有紧跟时代发展步伐

用新知识，新思维，新思想

武装自我，开发自我，才能

不断超越自我，更新自我

人生的充电，道德是首选

社会是一个包罗万象的大舞台

充满着合作，商讨共谋发展

合作发展的前提，道德

永远为先，道德需要提炼

道德是诚信的基石

诚信是共谋合作发展的根本

人生的充电，健康时时相伴

健康不能只停留在口头上

更要用行动，让健康随时领先

健康是人生的根基，健康是

人生最大的资源，拥有健康

你就拥有人生最大的财富和底气

拥有健康，一切的初心梦想

都可以在时间浸泡下酿成美酒

都可以在奋斗旗帜下顺理成章

人生需要充电，充电伴随人生

充饱了电，才会跑得更远

充饱了电，才会信心满满

充电是一种意识，是一种自觉

充电是一种危机，是一种觉醒

充电是一次升华，是一次脱茧

把充电作为人生必备

到处都是机会满满，主动领先

把充电作为人生自律

到处都是绿灯闪闪，前程灿烂

假如给我一次演讲的机会

假如给我一次演讲的机会

我一定会语重心长，发自肺腑

把我心中想说的话，在等长的

时间内，一股脑说给大家听

这次演讲，我会倍加珍惜

丝毫不会矫揉造作，装腔作势

全是我的心里话，一定是

脱稿演讲，事先会打好腹稿

尊重每一位在场的观众，也尊重

辛辛苦苦努力不懈的自己

演讲如写作，我手写我心

我口述我心，秘诀正是真诚

只要心贴心，将自己的满腔情意

浓缩在笔端，表述在口端

就已经离成功不远

假如给我一次演讲的机会

我定会把人生所经历的激流险滩

指给你们看，不想让可爱的

弟弟妹妹们，再重蹈覆辙

只想让你们避开陷阱迷茫

把人生之路，走得更稳更远

一次演讲，一次心声，一次

爱的传递，一次正气的弘扬

一次演讲，一次激荡，一次

心灵的鸡汤，用心的演讲

如美酒佳肴总也让人意犹未尽

如日出朝阳，散发出青春光芒

假如给我一次演讲，我会把

全身的气力，都集中在

给观众吐露芬芳的，那一座讲台

那一个瞬间，能与我的观众

交流交心融合，顿感周身温暖

温馨浪漫，弥漫诗情画意

天空如此灿烂，生活惬意无边

我的演讲，不一定水平最高

不一定最打动人心，但一定是

我顶级的努力，最真诚的夙愿

我把真心诚意种在了观众心间

观众把最持久的掌声，深深地

扎根在我的心间，我的心田

鼓舞着我不懈奋斗，努力向前

苦是比较出来的

如果你总认为你很苦

那么请你往前走

在不远的前方，很快就能

找到一个比你更苦的人

如果不信，可以去试试

现实会告诉你一切是真的

此时，我在写作，有些人

可能会认为，这样写作

会不会很苦，又很累

那我明确告诉你，一点

也不苦，一点也不累

而且还很幸福，我不是阿Q

说的是内心话，我怎能骗自己

苦与不苦，相比较而产生

我写作，我感到很幸福

从没有哪个人逼迫我

自觉自愿，自得其乐

何苦之有，把内心的欢乐

与大家共同分享品尝

把内心的酸水苦水

一股脑倒出，有人帮你承受

顿时心里轻松好受了许多

苦与不苦，相比较而产生

炎夏酷暑，坐在大树下乘凉

摇着蒲扇，嘴里总也喊个不停

天气真热，天气真热，往远处

看看，有个老农，头顶烈日

在庄稼地里埋头耕作

再往远处看看，建筑工地

脚手架上的电工焊工搬运工

他们正在紧张忙碌

他们累不累，豆大的汗珠

把背部的衣服贴得很紧

再往近处看看，交警头顶烈日

警容严整，有序指挥着过往人流

指挥着过往车辆，他们苦不苦

苦是比较出来的，没有比较

你总也无法设身处地地去体会

此时的你，到底有多幸福

你现时所拥有的一切，也许是

另一些人今生倾其所有努力

都无法企及的奋斗目标

在幸福中泡大的你，怎能体会得到

在苦水里长大的，又是什么滋味

苦是比较出来的，相比较而存在

幸福也是比较出来的，四肢健全

能跑能跳，能哭能笑，永远

让困在轮椅上的人，万分羡慕

耳聪目明，永远难以体会到

此时的你，正是聋哑人今生

无法企及的梦想，久卧病床

才深切体会到，健康才是今生的奢侈

经历过生死大难的人，终于明白

人生除了生死，其他都是擦伤

苦是奇迹的根

我们经常会为某个人

某方面的惊人奇迹

而佩服，而欢呼雀跃

而感动，而叫好

而充满由衷的敬佩

奇迹的背后，蕴藏着

不为人知的苦楚

是苦呈现出来最美的花朵

是苦孕育出来沉甸甸的硕果

哪个人不想创造奇迹

哪个人甘愿落于人后

哪个人又愿意被人瞧不起

创造奇迹的种子，早已

在心灵深处种植

创造奇迹，是向人生的宣战

是向生活的挑战

是把不服输写在心里面

在通往成功胜利的道路上

在通往奇迹的崇山峻岭里

艰苦卓绝的努力奋斗

是最好的拐杖，最好的捷径

不经一番风霜苦

哪来梅花扑鼻香

敢于与吃苦交朋友

真心相待，真诚为先

人生道路上没有克服不了的困难

命运道路上没有战胜不了的疾苦

想吃苦，说明有为之吃苦的目标

敢吃苦，说明有克服困难的勇气

会吃苦，说明有战胜困难的方法

所有吃苦，都是奇迹大树茂密的根

苦吃的愈多愈狠，大树茂密的根

才会更加盘根错节，扎向大地

也才会让奇迹伴随着成功

一起振臂欢呼，一起庆祝胜利

苦是认准目标的长久坚持

苦是心怀美好的渴望憧憬

苦是取得成功后的凯旋美酒

苦是获得胜利后的阵阵心跳

在苦的不屈不挠下，奇迹

不得不出来投降

在苦的万般劝说下，奇迹

发誓把苦热烈拥抱

奇迹和苦，是一对并蒂莲

根连着根，心连着心

无法分割，永世相随

致热爱学习的人们

新年的脚步

再有整整四个小时

就会来到

置身图书馆

看到这么多热爱学习的人们

心里由衷敬意

跨年的方式有很多种

而你们却选择了

与知识同行

与智慧共舞

热爱学习

永远都不会错

能抽出时间学习

本身就是一种幸福

就是一种福分

学习贯穿一生

学习陪伴一世

在学习中

把信念揣在胸中

在学习中

让梦想悄悄生根

在学习中

让人生实现转机

在学习中

牵紧命运的缰绳

能有今天的成绩

能有今天的幸福

一切归功于学习

学习，让我们眼明心亮

学习，让我们少走弯路

学习，让我们意气风发

斗志昂扬，披荆斩棘

学习，让我们瞄准前方

咬定目标，勇毅前行

啊，学习

我要把你拥抱

我要把你爱恋

虽然，你可能与寂寞为伴

也可能与孤独前行

这些我都不在乎

既然选择了你

就要风雨无阻

既然跟定了你

就要海枯石烂，永不变心

在学习的汪洋大海中

蕴藏着无穷无尽的奇迹

试问，哪一位

创造传奇的伟人志士

不是

发奋努力，废寝忘食

学习的典范和楷模

我们歌颂他们

学习他们，社会

才飘荡着正能量的春风

热爱学习的人们

也许此时的你，我，他

可能疲惫，可能倦怠

但我们的心里

始终有一团火在燃烧，

始终有一把冲锋号在吹响

对学习的热望

对学习的如饥似渴

让我们

永远停不下热爱学习的步伐

学习着的人们

意志坚定，心里有光

两眼被智慧强烈感染

两手握紧了学习的航盘

学习是一次机会

一次难能可贵的机会

我学习，我幸福

我学习，我快乐

自发成为一种自觉

自觉成为一种势不可当

在学习的汪洋大海里

我们畅游

在学习的温暖怀抱里

我们甜蜜

学习犹如一双有力的翅膀

让我们翱翔蓝天

心向远方

学习犹如一股滚烫的热流

让我们

坚硬如铁，势不可当

在学习中

成长壮大，走向成熟

在学习中

坚定信念，奉献青春与生命

什么都不说

什么都不说

径直朝前走

为什么不说呢

做，才最重要

什么都不说

不是我不想说

也不是我不会说

说得再多

也顶不上一个

小小地去做

凡事都要靠做来完成

愚公移山，需要靠做

蚂蚁搬泰山

也需要来做

就算是日常生活起居

都离不开一个，做

做，让我们看到了希望

做，让我们离目标又近了一步

做，让我们更加充满信心

做，让我们把困难甩在后头

做，让我们学会坚持到底

做，让我们取得预期成绩

说，必不可少

但在做面前，还是矮了不少

什么都不说

看着方向，埋头赶路

把目标牢牢记在心头

用希望鼓励自我

没有迈不过的坎

也没有过不去的河

什么都不说

时间最宝贵

说了很多

最终又回到了做

早知一切，都说不做

还不如趁早，赶快去做

道理通俗易懂

说起来很容易

做起来，才最为关键

一旦做了起来

你已经成功一半

沉默中的幸福

独自一人，很少说话

从不言语，埋头赶路

每天因循守旧，看似生活

没有一点浪花，习惯了

这样平静的生活，习惯了

这样来也匆匆，去也默默

彻底地沉默下来，享受着

独处的奥妙，本来你是自己

最好的朋友，却常常把孤独的

自我，放置家里，和其他朋友

玩得不亦乐乎，乐不思蜀

沉默中的幸福，只有在你沉默时

你才能触摸，才能感知

忍受不了孤独，经受不住寂寞

我们得到的所有快乐欢乐

最终都会由孤独寂寞去偿还

不错，人生就应该活得健康快乐

那远远只是人生的第一步

再往小里说，那也许就只是

为自己而活着，而人之所以为人

而非一般动物，就因为他有着

极其强烈的社会属性，如果

自己的生命，人生的追求价值

不和这个奔腾的社会，发生

或大或小的社会联系，实在无法

想象，将宝贵的生命在此走一遭

到底留下了什么，留下了什么

活着的目的，也许就是为了

这个社会，这个世界，自从

有了我，哪怕发生微乎其微的

变化，这也许就是我们存在

这个世界这个社会，唯一的理由

而沉默更会孕育这一切

沉默更会让人冷静地思索思考

沉默中的幸福，很诱人很有味
只有当你彻底放下了
世事沉浮中的浮躁，只有当你
心静如水，你才能深深触摸到
沉默中的幸福，沉默中的幸福
是蓄势待发，是火焰在奔腾
是黎明前的曙光，是韬光养晦
是重整山河待出发

在沉默中静寂，眼睛却炯炯有神
在沉默中匍匐，一直在死死
等待着那惊人的奋力一跃
沉默中的幸福，那是因为眼里
始终有光，那是因为心里永远
怀抱希望，那是因为比以前的
自己，更加努力，更加充满了
不懈的斗志，惊人的顽强

为沉默中的自己，热烈鼓掌吧
沉默只是暂时，不在沉默中灭亡

就要在沉默中爆发，爆发前的

沉默，就是在酝酿，就是在

深山老林中，苦练杀敌本领

沉默很幸福，因为那是冲向胜利

夺取成功必不可少的沉淀

沉默愈久，准备愈充分，也许

燃烧起的火焰，会更猛烈更宽广

致大学生

我怀着激动的心情

与大学生共同欢聚一堂

把心中的情丝

向你们尽情倾诉

大学生，天之骄子

令无数置身校外的学子

望洋兴叹，非常艳羡

走进了校门

犹如走入了向往已久的家门

在这里，把青春岁月

肆意张扬，让美好年华

映射出耀眼的光彩

大学阶段，是人生的升华

是人生的转折，是新的起点

新的开始，用知识的营养

润泽出智慧的人生

用顽强拼搏，开拓出成功风采

青春的健儿，时代的骄子

我为你们加油，为你们鼓掌

祖国在你们的努力奋斗中

愈发充满希望，生机勃勃

社会在你们的磨砺忘我中

更加充满正能量的光亮

啊，大学的时光

永远那么让人留恋，让人难忘

啊，大学的生活

永远那么让人神情激荡

置身大学的校园

仿佛回到了向往已久的家园

大学，是熔炉

用烈火般的炙热

让我们走向成熟

大学，是枪膛

用滚烫的枪管

把我们的人生推向成功

我不能辜负大学时光

我要以双倍的努力

报答亲人对我的厚望

报答学校对我的栽培

报答社会对我的抚养

报答祖国对我的期望

知识的海洋，竟这样让我迷恋

来到一家大型书店

据说是成都最大的一家

从一楼到三楼，全是书店

我很庆幸来到这样一家

如此齐全，品种繁多的

书的海洋，书的超市

我喜欢书店的氛围

安静，祥和，上进

在这样一种氛围里

给我最大的感受，就是

无比地安全，精神的安全

与书为伍，是人生的至幸

我很庆幸，也很快乐

一直生活在书的海洋里

吮吸着知识的琼浆

在书的海洋里，几乎不能自拔

也不想自拔，难得有这样的心境

很满足，很快乐，很庆幸

特别是当前

安全成为人的第一所需

无疑书店，将成为首选

好像每一本书，都是一位

无比英勇的抗敌勇士

病毒胆敢走近一步

大家就会齐心协力，勇敢

将它就地制服，束手就擒

如果你还有梦想，那么

就请你勇敢走进书店吧

书店会给你无穷力量

绝对不会让你枉来一场

这是梦想生根发芽最好的土壤

这是能锻铸让梦想翱翔蓝天

最坚硬的羽翼，最美丽的翅膀

如果你现在一无所有，那么

我邀请你走进书店这神圣的殿堂

这里为你准备好了，你所需要的

一切，你只需答应一个条件

就是哪怕饿着肚子，也要集中

精力，认认真真，如饥似渴

把学习知识，当作最丰盛的晚餐

知识是最好的营养品

知识是世界上最宝贵的财富

有时，我们整天浑浑噩噩

掘取着很多很多有形的财富，有时

竟那么贪婪，竟那么无法满足

殊不知，有形的财富，并不能

陪伴我们到永远，用知识武装到

头脑里的财富，连同我们的思想

将把我们陪伴到永久，永久

如果你现在思想摇摆不定，

整天忧心忡忡，魂不守舍

那么，我请你勇敢地走进书店

这里有最好的解药，只要你舍得

俯下身子，充满虚心，充满虔诚

用人类最宝贵的财富精华

来武装你的头脑，保证你药到病除

最终你会一身轻松，投入到

新的战场，心怀感恩，我曾经

就到过这样一个终生难忘的地方

走进书店，顿时让人格得到净化

犹如一个饿汉扑在面包上

才开始，也许不是这样，一来二去

来的多了，每次来到书店，就像是

回家，是那样亲切，那样令我着迷

吮吸知识琼浆的书虫，齐聚一堂

尽情把书生气展露无遗

别人怎么评价，并不重要

只要你一直走在内心想去的地方

就不会错，就永远不会错

第四辑

以
光的速度
行走

触摸时间的脉搏

世间一切珍惜

无不是对时间的珍惜

世间一切浪费

无不是对时间的浪费

想要长生不老

想要延年益寿

最好的方法

就是珍惜时间

你拓宽了生命的宽度

就等于你延长了宝贵的时间

世间一切都是空的

唯独时间是实的

实到可以

随时伸手去触摸

浪费时间

对于一个有追求的人

对于一个有事业心的人

来说，是揪心的，是痛苦的

什么都可以等

唯独时间不能等

因为它飞也似的向你扑来

在你猝不及防那一刻

飞到了你的眼前

只有牢牢抓住时间

人生才会少留遗憾

只有把时间看得比生命还重

才是一个人的根本

才是一个理智的人

大自然中的每一天

我们都无权浪费

无论今天是什么天气

都是人生中最为美好的一天

请你千万切记，牢牢抓住

对人生每个阶段的最好回忆

无一不是

对时间的留恋与怀旧

逝去的一切

在你挥手那一瞬间

在你眨眼那一片刻

一切的一切

快速地让现今成为过去

我们每时每刻

都生活在过去现在将来

任何一瞬间

都可以用过去现在将来

快速切割，而这锋利的刀片

就是现在

由此，现在，让我们着迷

让我们迷茫，让我们惊醒

让我们无所适从

我们在现今面前

犹如一团空气

犹如一个巨大的泡沫

看似一切都归入虚无

我们也得拼命去抓

这是人的本能

这是对生命最原始的呼唤

这一切，都由时间来导演

时间让世界静止

时间让世界快速旋转

我们在时间的包裹下

周而复始，一刻不停

向前，向前

一直向前，永远向前

时光不容浪费

时光只有在图书馆里

才能听见嘀嗒的声音

时光只有在勤奋者的眼里

才能看见时光匆匆的步伐

时光只有在日光灯的照射下

才能看见时光的倩影

时光任何时候都在向前

无论你

珍惜还是浪费，时光

一直都很大度，因为

每一个人的时光，最终

都会极为有限，有限得

可以触摸，可以丈量

时光不容浪费

那是因为我们的生命有限

在时光的长河里

生命如白驹过隙

拥有着确定的或不确定的

变量和终点，任何人

都无法找到浪费时间的理由

时光是有脚步的

也许你没有感知到

那是因为你常常行走匆匆

你为寻常往事淹没在

时光的海洋里，不能自拔

无法动弹，任凭时光流逝

而我们却常常不能自知

时光是可以感知的

仔细聆听，手术刀的声音

翻着书卷的声音，沙沙

记着笔记的声音，甚至眉头一皱

绞尽脑汁的声音，运动员

百米冲刺的声音，心跳加速的

声音，都是对时光感知的触摸

时光不容浪费，那是因为

人生永远匆匆，那是因为

生命永远是单行道，感叹时光

快如闪电，就不能让时光

从此时此刻起，再也不能

白白流失，再也不能任意浪费

我们没有权利浪费，有限的

今生，永远浪费不起

以光的速度行走

人的生命，何其短促

大凡每一个人，时不时

都会发出透射在内心的感慨

生命何其短矣，刹那间

以光的速度，向前奔跑

茫茫世界，生命何等短促

真不知晓，将宝贵生命

托付给谁，将更放心更值得

我拼命在生活中寻找灵感

似乎将生命委身于

无休止的创作中，劳作中

才最值得，才最荣耀

在这样的理念中

默默许下诺言，生命会以

光的速度，向前行走

生命是有脚的

怎奈如何行走

都展示不了人们

对生命无比珍惜的渴望

在这种情况下

我想到了光速，是的

生命将以光速追赶

生命的价值，生命的质量

在光速中，让生命质量

放射出更加耀眼的光芒

在光速中，让生命

绽放出无与伦比的美丽

生命，以光的速度行走

并不是直奔死亡

而是让我更加清醒，追寻

生命的质量，生命的价值

生命的真正意义

因为我们是高级动物

我们是这个星球的主宰

我们有着超乎外界

任何物种的责任和义务

那就是让这个地球

更加美好，更加祥和

以光的速度，向前行走

那是我对人生的苦苦追寻

那是我对命运的无比渴望

特别不想让命运之神

就这样灰飞烟灭

失去往日的风采

不甘心，更不能给自己良心

一个永远也难以交代的答复

以光的速度，向前行走

我奔向月球，直达太阳

在苍茫宇宙中

把大自然尽情领略

在浩瀚太空中

让人类的智慧与神奇

化作惊艳绝伦的光芒

普照大地，润泽四方

珍惜每一眼

坐在疾驰向前的车上

沿途的风景，一掠而过

从眼前飞逝

从眼前飘过

一生中，会有无数个

这样的场景，这样的瞬间

我们常常

熟视无睹，习以为常

你可知

就是这宝贵的一眼

就是这难得的瞬间

可能让我们

今生再也无法回头来看

不是悲哀，不是伤痛

而是过往岁月与我们匆匆擦肩

我们所看到沿途景色

谁又能说不是最后一眼

就算你第二次再来

也无法在同一时间

看到相同的一眼

事实上，许多地方

我们都无法做到

温故而知新

许多地方，都是

匆匆而来，匆匆而去

看一眼就少一眼

眼睛就像摄像机

恨不能把沿途的风景

尽收眼底，一览无余

风景是通人性的

你在看它，它也在看你

互相对看着

也许是前世修来的缘分

千年等一回

怎么能随便一晃而过

风景如此，人生几何

每走一处

总会遇到不同的人

工作上的，生活上的

匆匆而识，匆匆而别

各自都在完成着

彼此的使命

各自都在履行着

相同的职责

即便因工作关系

留下了联系

在以后的岁月中

又能联系到几回

许多情况下

大家是没有联系的

这不是我们薄情

也不是我们高傲

因为每个人

每天都在忙忙碌碌

完成着不同的使命

就这最后的几眼

就这有缘分的几眼

也许以后还会再相见

除非主动

除非在人海茫茫中

不期而遇

大多数情况

都是天地缘分

不可或缺，不可多得

珍贵的几眼

难忘的几眼

时间，请你慢些走

时间，就像飞速的列车

一往无前，飞奔而去

任你千呼万唤

任你有三头六臂

也无法将它拽回

飞速的列车，旋转的时间

各不相让，共同向前

时间快似闪电

刚刚的一刹那

已经成为永久的过去

多少人在慨叹岁月的易逝

在慨叹光阴的无情

是啊，时间一直在飞速向前

在你不知不觉间

在你的等待中，在你的期盼中

姗姗而来，又快速远去

时间，请你慢些走

我非常舍不得你

这怎么可能，我对任何人

都是一视同仁，公平公正

如果你真舍不得我

那就请你倍加珍惜我

勇敢地插上腾飞的翅膀

与我一同驰骋，一起飞翔

时间，请你慢些走

这是我的内心话

我还有很多要做的事

你的步伐那样快

让我夜以继日都很难追上

你真的很无情

不给我留任何一点回旋余地

任凭我声嘶力竭

你都毫不留情，离我远去

时间，请你慢些走

你丝毫听不进我的苦苦劝告

你停不下来

永远停不下来

如果你停下来了

那就意味着地球不再旋转

月亮不再移动

连太阳都会纹丝不动

痴人说梦的这一天

永远不复存在

也永远不会存在

挖掘生命的潜力

每当看到悬崖顶上

顽强不屈的小草

每当看到从石头下面

伸长脖颈露出头来的小草

每当看到蝉的脱茧

留下外壳，新生命诞生

都让我心生敬意

对生命的潜力，到底

有多大，充满了无穷探究

生命的潜力，到底有多大

谁人看得清，谁人说得准

可以说无穷大，都不算过分

因为一个人倾其一生，都无法

探究出生命的极限，到底

有多大边际，多长的周长

挖掘生命的潜力

就是在挖掘生命的价值

就是在拓宽生命的质量

就是在追寻生命的真谛

就是在探寻生命的最佳活法

挖掘生命的潜力

让我们更加珍爱生命

让我们更加热爱生活

让我们把阳光抱得更紧

让我们总想用火红

点燃生命的全部激情

挖掘生命的潜力

让我们挑战自己

让我们心存无穷向往

让我们乐此不疲

让我们永远奔波劳累

不服输，不低头

让我们把不懈努力的弦

绷到最大值，绷到最大限量

挖掘生命的潜力，很幸福

很荣光，很自豪，很充实

能把一辈子过成两辈子

那就是名副其实的大赢家

对人生有着更多的咀嚼品尝

让命运富有传奇，起伏跌宕

这样的人生，这样的命运

让我们拍手叫好，热烈鼓掌

忙碌，生活的主色调

一日忙碌

可让一日安眠

一生忙碌

可得一生安宁

忙碌，写满了我们的生活

自从我们出生

就学会了永无休止的忙碌

忙碌，无须去教

先天就会

刚出生的我们

盼望着奶水的滋润

盼望着母爱的庇护

忙碌地睁大双眼

仿佛要一天

把这个陌生的世界看个够

再大一些，要进学校了

忙着背课文，忙着演算习题

忙着比学赶帮超

忙着力争上游，给父母

给自己一个巨大的奖励

再大一些，参加工作进入社会

一颗不甘平庸的心

就此拉开了马拉松式的人生长跑

忙碌，贯穿了生活的全部

忙碌，让枯燥的生活灵动

忙碌，让我们忘记了日历和手表

本不想忙碌，但我们

好像进入人生的快车道

行驶在高速公路上

无论走与不走，已经

容不得你来选择了

只有随着人流，随着队伍

忙碌着向前，忙碌着奔跑

各行各业，没有哪个不忙

就算我们休息，也是

为了醒来后，跑得更快

忙碌，构成人生的主色调

忙碌，把人生塑造得很充实

忙碌，让生命之花更加绚丽芬芳

人生中的高考

高考，这个词语

自从我们进入高三

就像百米冲刺前

一声枪响，全身的肌肉

瞬间凝聚成一团

为了心中那一团火

奋力向前猛奔

高考，让中学生的发条

拧得更紧，仿佛是一场

毫不留情的战斗，参赛队员

就在我们身旁，看起来

不动声色，内心却排江倒海

谁也不愿落于人后

成为人生浪潮的落水者

高考的记忆，实在太深刻

就像一颗钉子，牢牢死死地
钉在了我们思想深处，以至
时隔多年，依然那么牢不可破
仿佛已经深入骨髓，和血液
一起流淌，一起昼夜奔腾

人生也会有高考的时候
谁又能说，高考只是学生的
专利？人生中的高考
又在何方？它就在我们眼前
就在我们身边，每一个人的
赛场不同，考时不同，但都在
那紧要的几步，把握不好
会使我们人生留下遗憾和懊悔

人生中的高考，也许是瞬间
也许是一段时间，也许是
整个人生，能把生命中的
每一天，都能像高考中那样
度过，那将是人生的大赢家
也会成为人生中的佼佼者

因为生活，从来不会辜负

任何一个对它有情有义的信徒

人生如果每天都有高考

那种干劲，那种信念

那种执着，那种志气

那该有多好，只可惜

当我们一次爬到山顶后

之后就很难再有那么大的决心

就很难再有那么大的劲头

不是我们没有决心

也不是我们没有劲头

只是我们再也不想

总觉得那是一种煎熬

那是一种蒸烤，所以

能时时经受蒸烤煎熬的

永远都只是少数

出类拔萃，伟岸神奇

也许就诞生在这少之又少

一次又一次蒸烤煎熬中的

钢铁英雄，神奇斗士

在火热生活中，我常常
睁大双眼，我常常伸开双臂
寻找触摸昔日高考那种激情
那种斗志，那种烈火般的煎熬
如果真要问钢铁是如何锻铸的
那就经常去用心捡拾往昔
高考的汗珠，因为在那璀璨
耀眼的汗水中，闪耀着
攀爬者不懈奋斗的身影和传奇

把所有痛苦踩在脚下

每个人都在艰难地活着

外表的光鲜

不能代表内心没有无奈

人是活给别人的

更是活给自己的

白天我们都在刻意打扮

把最美好的一面留给外人

当夜深人静之时

我们在与自己对话

现实的一切

是我想要的生活吗

我们在拼命挣钱

总是认为钱越多越好

殊不知

永远有比钱更重要的东西

那就是人的良知

当一个人失去良知

他什么样的事情都做得出来

他会像一只野狼

拼命撕咬周围的一切

甚至连亲人也无法放过

因为他已经彻底疯了

我们常常被各种欲望

累得筋疲力尽

累得气喘吁吁

累得声嘶力竭，无法动弹

这就是我们想要的生活吗

让别人去享受风光吧

让别人过锦衣玉食的生活吧

我拼命拥抱真实简单

我拼命拥抱纯朴真诚

我向往着一切善良纯净如水

这就是我全部的追求

也许每个人都生活在痛苦之中

各人有各人的痛苦

各家有各家的难处

不是我们没有痛苦

只是我们不想通过面部

表达出来，不仅于事无补

反而会让我们脆弱的一面

在阳光下成为别人的笑柄

再痛苦，也要咬牙坚持

挺过来了，你就是强者

你就是命运的弄潮儿

你就是人生的主宰

如果你不甘堕落

如果你对当前自身的一切

感到极为不满，那么

就请你一定不要沉沦

不要破罐子破摔

而是要拿出百般勇气

拿出百折不挠的斗志

与现实斗，与自己斗

不要小看一点点胜利

这一点点胜利，就是希望之火

它会燎原，它会拓荒成一片

痛苦是一针强心剂

不怕痛苦的折磨摧残

就怕在痛苦面前自甘投降

在痛苦面前自甘颓废堕落

这样的人，是生活的弱者

是命运的俘虏

我们不要做这样的人

我们不能做这样的人

因为所有的痛苦

都需要我们勇敢自度

都是对我们心灵的升华考验

都是黎明前的曙光希望

我们有不珍惜痛苦的理由和说法吗

飞奔向前

汽车开得很快

如风一样向前飞逝

我们将奔向红军纪念馆

开展爱党知党信党的党建活动

心情很激动，精神很饱满

心中好似有一团熊熊燃烧

不熄的烈火，把如火如荼的

党建活动，引向高潮

汽车依旧飞奔向前

沿途美景尽收眼底

大自然的美，无处不在

无时不有，只是我们的

目光没有聚焦，眼睛

没有睁大，看着良辰美景

怎能不让人心情激动

怎能不让人斗志昂扬

一条笔直的公路蜿蜒向前

汽车在飞奔，载着我们的

梦想，载着我们的执着

大家有说有笑，谈天说地

有的闭目养神，有的欣赏

沿途美景，而我却用文字

抒发我的激动，展现我的跳跃

飞奔向前，一直飞奔向前

走上了快车道，就走入了一种状态

把人生带入一种新的制高点

让我们看到了一种全新的景象

人生的足迹有限，走入了快车道

我们就认命，也许是我们的福气

我不想再做对比，只想执着向前

就这样一直执着向前，永不停息

任何一种生活，原本并没有

好与不好，每一种生活

都很有味道，很有嚼头

我喜欢这样飞奔向前

我喜欢这样快马加鞭

让我们忘却一切烦恼

让我们丢掉一切幻想

心中只有一个执着的信念

那就是永远飞奔向前

飞奔向前，直至永远永远

只要迈步，总不迟

现实生活中

要说不做一件后悔的事

的确很难很难

但已经做了后悔的事

是蹲在那里无穷懊恼

还是迈开双腿

赶快行动起来呢

这是现实生活中

无法避开的话题

后悔的事，有大有小

归结起来，最多的

应数对时间的浪费

有些事，本身可以不去

结果去了，时间白白浪费

有些人，可以不交

但已经打交道了

真不应该与之深交

有些话，本不该说

结果还是说了

真后悔不该多言

所有这一切

都可能让人很后悔

治疗后悔的最好药方

就是及时止损

把灾害损失降到最低限度

学会吃一堑，长一智

弥补后悔的最好良方

就是赶快行动起来

既然已经迟了

如果依然在原地后悔不已

不但于事无补

还会错上加错

错了并没有什么可怕

可怕的是一错再错

同一个深坑

反复无数次在此跌倒

就极不明智，亦不聪明

意识到错了，无形中

已经向前迈了一大步

可以辩证看待这个问题

同时要以此为鉴

警钟长鸣，痛定思痛

错了，并不可怕

可怕的是，从此一蹶不振

如果身体已经倒了

此时精神一同倒下

那就会从根子上全部倒塌

精神是一切的核心

只要精神不倒

一切就有希望

自暴自弃，心灰意冷

是奋起反转向前的大敌

任何时候错了

只要迈步，就永远不会迟

只要迈开了，一切都会反转

一切都会逆转，天无绝人之路

步子一旦迈开了，你就有了

东山再起的胜算，你就有了

从头再来的希望，迈开步子

迎头赶上，如果允许

可以快马加鞭，以更大决心

以更大步伐，向希望挺进

向目标瞄准，也许前方

就是胜利，就是成功

就是凯旋，就是希望的号角

心中有玉

一个心中有玉的人

是贸然不会随便生气

他一定常常笑呵呵

心态很平稳

没有大起大落

也没有大喜大悲

所有一切

都在他一句无所谓中

大江东去，烟消云散

心中有玉的人

都是大聪明，大智慧

他从不动怒

或者说很少动怒

因为人在动怒时

脸色很难看

几乎智商为零

为什么要动怒呢

所有一切动怒

都会受到冲动的惩罚

在智者眼里

方法总比困难多

无须报怨，无须后悔

一切都是最好的安排

心中有玉的人

都是大智慧，大智若愚

不可能为了一丁点分歧

而不开心，影响赶路

心中始终有玉的人

笑看红尘，所有一切

都不过是逢场作戏

都不过是风花雪月

既如此，又何必这般在意

心中有玉的人

表面异常平静

从脸上

看不到他的昨天

更看不到

他的今天和明天

不是他修炼隐藏得很深

修炼的最高境界

就是看淡一切

而唯有一件事

值得他用生命去托付

这件事

就是他的精神寄托

就是活在骨子里

始终如一的认知

在他眼里，所有委屈

只要能换来片刻安宁

就已足矣，所有的误会

只会让他的胸怀更宽广

所有的不理解

堆积在一起，会演绎成

东方夜谭，美丽神话

心中有玉的人

都是活给自己

看开了一切

看淡了一切

看清了一切

就会有一种

空前超脱，自由松弛

我们总是千方百计

需要得到别人的尊重

别人的理解，别人的赏识

殊不知，这一切

很快就会成为

过眼烟云，随风而逝

心中有玉的人

往往都活得很坚强

很自律，很有方向性

能管住自己的嘴

能管住自己的腿

能管住自己的眼

能管住自己的心

活给自己，比活给别人

更实在，生命力更持久

身跟着心走

初心，就是我们对生命

最初的承诺

初心，就是我们当初

默默选定的方向

活给自己

就是给初心，一个交代

活给自己

就是让内心

安榻在一个最舒适的地方

做一个孤独寂寞的人

做一个孤独寂寞的人

看似清静无为

看似冷清无边

内心却

充满着海洋般宽广无边

内心却

波澜壮阔，翻江倒海

做一个孤独寂寞的人

没有任何不好

这样做

最起码对得起良心

我不想

在夜深人静时充满愧疚

也不想

让颓废碌碌无为

占据了我的全部心房

欢乐属于你们

幸福属于大家

你们尽情地跳吧

尽情地舞吧

如果非要一部分人

孤独寂寞

忍受青灯冷灶

忍受鸦雀无声

我第一个报名

我喜欢这样的生活

我喜欢这样的环境

到了这把年纪

选择面已经很小很小

能有一碗稀粥喝着就很不错

能有一把小椅子坐着

就已经很安稳

对生活没有太多奢侈

只求一身温饱

内心却装着太阳，盛着宇宙

孤独寂寞是孪生兄弟

要真正做点学问

真正写点东西

抓住了孤独寂寞

你就抓住了全部

不要怕青灯冷灶

不要怕孤枕难眠

习惯了就好

别人怎么样

你实在管不下来

你也管不完

你不是救世主

你在同情怜悯别人的同时

此时此刻的你

也正在被别人怜悯同情

所有想开了，想通了

就会一通百通，一了百了

能拥有孤独寂寞

是莫大的幸福

与孤独寂寞相伴

不会浮躁，不会无聊

不会后悔莫及

不会捶胸顿足

拥有了孤独寂寞

就拥有了充实，拥有了自信

拥有了毅力，拥有了自律

拥有了梦想，拥有了成就

如果真拿孤独寂寞

来换这一切

那你可赚得盆满钵满

这样的生意留着不做

还待何时，还等着做梦吗

生命的不朽

追求生命的不朽

成为一个永恒话题

在探讨中成长，渐行渐远

在思考中沉淀，走向成熟

生命的不朽，镌刻在

立言，立德，立行

人活一世，草木一枯

怎样才能让生命更加绚丽

怎样才能让生命更加芬芳

这个话题，我们用一生

在探讨，在追寻，在验证

生命对任何人，永远都只是

宝贵的一次，无法复制

无法重来，如何才能让生命

活得更有味道，更有价值

探寻到了生命的真谛

才会让生命的不朽，更加明晰

探寻生命的不朽，让我对

生命有了更深切的认识感悟

既然有幸能与生命同轨

何不活出生命的风采

不辜负生命，生命才会有

不朽的根基，不朽的生长

真正不朽的生命，永远都是

精神的，灵魂的，意识形态的

肉体的生命，即便科技再发达

也会有生命终结的那一天

这是唯物的，辩证的

能把生命的不朽，细细琢磨

认真打量，是对生命的尊重

是对生命的升华，是对生命的

提升，要想生命不朽，精神

和境界，都得对生命有个

全新的认识，全新理性的思索

真正能让生命不朽的，是对

社会的担当，是对奉献的无悔

是对人类高瞻远瞩的领先和卓识

生命的不朽，永远是社会的

永远是精神的，是执着的向往

火的赞歌

火红的太阳，火红的青春

火焰在升腾，火光越过天空

火，从来都没有离开我们半步

火，陪伴我们的生活从早到晚

又从夜晚陪伴到黎明

火，是人类忠实的伙伴

没有钻木取火

就不会有温暖包裹

就不会有吃熟食的习惯

火，赋予原始人类生命精神

火的使用，代表着人类

从蒙昧状态走向文明

火，推动了人类进化

火，给人类带来了温暖光明

火给人以热情，火给人以向往

火的姿态，永远都是燃烧

再燃烧，继续燃烧

燃烧，成为火永恒的主题

燃烧，成为火生命的延续

司空见惯的火，平凡无奇的火

原来有着这么大的功劳

原来为我们做出过这么大的奉献

我们却全然不知，置若罔闻

对熊熊燃烧，日夜不息的火

多么不公平，多么不公正

歌颂火的伟大，歌颂火的崇高

把对火的感恩，凝结在字里行间

火，每天都在把我们伺候

每一餐饭，没有火的加入

哪有饭菜飘香

火，让我们冬天不再寒冷

火，让我们夜晚不再惧怕孤独

火，让光明把我们陪伴到永久

火花四溅，火光四射

火，给我们带来神奇和浪漫

火，给我们带来激情和燃烧

火，给了我们克服困难的勇气

火，给了我们坚持斗争的希望

火，让我们加倍热爱生活

热爱自然，热爱生命

火，让我们拥抱社会

拥抱人类，拥抱天空

黎明前的早晨

茫茫夜空

外面漆黑一片

我独自欣赏着

夜色的美丽

这是黎明前轻轻的呼唤

这是布谷鸟温馨的问候

黑夜即将散去

一轮旭日即将冉冉升起

黎明前的早晨

充满着忙碌

学生背着书包

快乐地奔向学校

在那里吮吸知识的琼浆

在那里摄取智慧的营养

快乐的孩子们

祖国的希望，未来的栋梁

黎明前的早晨

环卫工人的身影映入眼帘

落叶被他们慢慢清扫

他们是大地的美容师

给地面洗去尘埃污垢

往来的人们投去赞赏的目光

可他们早已习以为常

黎明前的早晨

到处呈现忙碌的身影

随着袅袅炊烟一起升腾

一起为新生活奔波

共同把幸福梦想编织

疲惫的身体，托起

甜蜜的梦想，内心的坚强

让幸福的容颜，永久绽放

黎明前的早晨

一切都焕发出勃勃生机

到处都呈现鸟语花香

叶子上的露水，青翠欲滴

公鸡的啼鸣，唤醒了梦想

新的一天，新的开始

新的幸福，新的渴望

到处都把新生活演奏

到处都在打破黑夜的宁静

黎明前的曙光，冉冉透亮

我们在曙光中一路向前

让清晨的童谣，响在耳边

幸福陪伴着黎明，慢慢生长

快乐伴随着黎明，轻轻哼唱

生命的痕迹

世间万物都会有痕迹

或深或浅，或明或暗

树木的痕迹，是树的一圈圈年轮

鸟的痕迹，是羽毛划过的天空

生命的痕迹，随时都在生长

随时都在书写，随时都在永恒

地球的痕迹，是公转和自转

月亮的痕迹，是围着地球转

生命的痕迹，无处不在

无时不有，生命自有轮回

日月总是相伴，潮水有起有落

风轻轻刮过，把痕迹留在了天空

花草虫鱼，痕迹书写在大地中

痕迹描绘在时光里，痕迹大小

不同，都把痕迹留在天空

人类的痕迹，繁衍着人间生息

生命的痕迹，有大有小

有深有浅，都是生命的足迹

生命的写照，生命划破的印痕

每一个人的痕迹，从一出生

喊向天空的第一声，就已开始

一直书写，一直前行，从童年

书写到少年，到青年，到壮年

到老年，痕迹贯穿一生，陪伴

我们一生，痕迹与我们寸步不离

痕迹与我们朝夕相处

生命的痕迹在不断延伸

岁月用箩筐把生命痕迹满满盛放

生命的痕迹，书写在海岛

书写在高山，书写在天空

书写在春夏秋冬

书写在风云雨雪

书写在冰雪料峭的北国山城

书写在人烟稀少的茫茫戈壁

生命的痕迹，这样让我震惊

让我战栗，细思我们的一言一行

一举一动，每一刻时光，每一个

地方，都是生命的书写，都是

生命的畅想，生命在不知不觉中

前行，我们在日月伴随中老去

反思生命的痕迹，让我们更加

珍惜前行的脚步，让我们更好

把握人生的航程，生命的痕迹

书写着人类的辉煌，创造着

惊人的奇迹，生命的痕迹

在正义的书签上，让生命的壮丽

熠熠生辉，光照千秋，永载史册

为梦想而
燃烧

/ 下 /

何军宏 —— 著

四川文艺出版社

目录

第五辑　初心伴我一路前行

第六辑　把真情流淌笔端

第七辑　如何切好生命的蛋糕

第八辑　生活更多的是给予

第五辑

初心

伴我

一路前行

生活如此芬芳

生活的芬芳

用热爱给以丈量

阳光明媚，生机盎然

一切全新，万物蓬蓬勃勃

热爱生活，正如生活

每一刻都在热爱着我们

我们是生活的弄潮儿

我们是生活的开拓者

虽然笨拙，但依然

已经起步，势不可当

生活的芬芳

时时飘荡在火热的生命中

吮吸着生活的甘甜

一刻也离不开生活的温暖

我揽生活入怀，生活

成为我今生热恋的伙伴

热爱生活，迷恋生活

把生活的气息，细细捧起

是那样醉人心田

是那样沁人肺腑

我深深陶醉在生活的芬芳中

无法自拔，融为一体

生活是如此芬芳

我张开双臂，奔向前去

迎接每一个火红的朝阳

拥抱每一个热恋的黄昏

把分分秒秒，时时刻刻

都刻入骨髓，融入生命

生活是如此芬芳

实在找不出，任何

不热爱生活的理由，哪怕

生活给我一个不公正的待遇

我依然将生活，永远

紧紧入怀，抱得很紧很紧

不愧对岁月

岁月是上天的赏赐

岁月是生命的馈赠

岁月是一道光

一直从生照耀到终老

岁月是一束火把

生命不息，燃烧不止

任何时候，任何境遇

都不能愧对岁月的赏赐

岁月的爱恋，岁月的甘甜

岁月一直都很美好

只是在岁月中添加着心情

才让岁月甘甜苦涩

岁月很无辜，却从不多言

不愧对岁月，是对生命的捍卫

是对生活的百般珍惜爱恋

岁月每天都似醇酒

甘甜爽口一直都没有缺席

岁月每天都似一首歌

把对新生活的热爱

唱给天空，颂给大地

岁月真的很美好，你

没有任何资格和理由

浪费生命中的每一天

每一天，是岁月项链上

一颗颗明珠，一颗颗星星

每一天，是运动场冲刺瞬间

是那样动人心弦，精彩绝伦

不愧对岁月，是信守是诺言

是山谷里吹来的微风

是刀耕火种的风景

怎可愧对岁月的赏赐

怎可愧对岁月的青睐

每一天，每一时，每一刻

都绽放着不一样的光彩

都散发着不一般的清香

不愧对岁月，不想留下遗憾

不想懊悔生命，想让岁月里

结满忙碌，结满充实

挂满恋恋不舍，缀满芬芳甘甜

岁月让我们青春年少

岁月让我们两鬓如霜

岁月给了我们生命的琼浆

岁月给了生活无尽的芬芳

在修剪中成长

今天的你，昨天的我

都是被众多人修剪而成

每个人都是你的修剪师

都在用不同的技能

修剪着你的不同部位

修剪的过程可能有些痛

或者很痛，只是每个

修剪师方式方法技术

有所不同，修剪着你的

不同部位，感受不同

众多的修剪师

不是按照你的意愿来的

他们是上天派来的

容不得你挑肥拣瘦

无论你愿不愿意

无论你同不同意

无论你感受如何

你都必须接受他们的修剪

而且他们都正在修剪

也许是众多有缘人的修剪

才造就了今天的你我

也许他们的技能

不一定合你的意愿理想

有些人给你带来了快乐

让你心情愉悦

有些人给你带来了烦恼

让你感到心情沮丧

也许还会令你非常气愤

这也许在有意锻炼

你的抗震抗压，也许他们

会让你，吃一堑，长一智

避免以后少走弯路

也许他们的做法，会让

你的胸怀，更加宽广博大

所有这一切，都没有错

人的一生，要经过

许许多多修剪师的不断修整

甚至是千锤百炼，淬火成钢

没有对与不对

没有合适与不合适

无可选择，就已经由不得你

这也许就是命，就是机缘

我们得相信这一切

从小到大，从出生到告别

这个美丽的世界，就是

一个被无穷修剪的过程

今天的我们，一直都是

被修剪成的半成品

也许被遇见的缘分修剪

也许被生活的琐事修剪

也许被眼前的现实修剪

我们都一直处在

被修剪的过程中，只是

每个人被修剪的程度不同

感悟不同，效果不同

这一切的一切，造就成了

今天的你，我，他

直到有一天，我们

永久告别这个

美丽的世界，最终

一切才算被彻底修剪完成

路灯为我做证

家门口那几盏路灯

陪我度过了无数不眠之夜

它们依旧闪烁

它们依旧默默奉献

在无数人即将入眠之夜

我悄悄来把你陪伴

路灯为我做证

为我做什么样的证明呢

就因为在路灯下的默默付出

就因为在路灯下的刻苦勤奋

你可曾想过，路灯从天蒙蒙黑

就开始为人们照亮前行的路

眼睛都不眨一下，从不知疲劳

它叫过苦吗，它觉得不公平吗

它的辛苦，它的付出，它的无私

又有谁，为它来做证呢

有时候，人在自然面前

格外任性，格外娇贵

大自然有很多珍贵的事物

很值得我们细细学习，慢慢品味

很值得我们深深思考，悉心领悟

树木一动不动，永远扎根脚下

沥青与石子混合凝聚，牢不可破

永远让忙碌的人们和过往的车辆

在上面踩来碾去，而永远

毫无怨言，任劳任怨，理所当然

我们所付出的一点点辛劳

在伟大的自然面前，又算得了什么

能算得了什么，又有什么

值得引以为傲，不可一世的呢

既然自然界万事万物，都这么

谦虚谨慎，都这么低调而不事张扬

难道不值得我们深深思考悉心领悟吗

是啊，眼前这几盏熟悉的路灯

让我那样依恋，让我充满感恩

它用朦胧微弱的灯光

刺激着我的神经

激发起我无穷的灵感

让我的人生不断升华突破

让我生命的张力一再飞翔

给了我自信，给了我充实

我用感恩的心，触摸着

路灯的目光，路灯的心房

路灯一直把我陪伴

我也会一如既往与路灯前行

一直形影不离，相互做伴

常常心照不宣，静静相守

说些什么呢，有时候

再多的语言，也比不上

默默相望，心有灵犀

陪伴就是最好的语言

陪伴就是生命的奉献

初心伴我一路前行

每一个人都会有初心

初心就是我们最初的

想法和愿望，它就像一只

红绣球，带领着我们一路奔跑

一直在跑，一直在追

却怎么追都追不到

初心，梦想，让我们这样神往

小时候的抱负，小时候的雄心

随着年龄的增长，不断缩小

缩小，直到现在缩到最小

也许我辜负了当初的初心梦想

但今日的初心也许更实际更辉煌

不求一鸣惊人，不求权倾一方

不求腰缠万贯

只想发挥出自己全部的热量

照耀到能照亮的地方，一个人

能力有大小，但生命之光已让你

点到最亮，能让我照亮的人

充满欢乐，能让我照耀的地方

充满光明，这就是我现在的

初心，这就是我此时的梦想

我的初心梦想并不高大魁梧

但却是我最实际的梦想

这么多年来，我从外界不断地

得到，不断地接受滋养，我也

应当以礼相待，学会报答

学会感恩，能让自身的光亮

照亮别人，是自己的幸福荣光

是心灵的净化提升，是生命的

崇高，是初心和梦想的闪光

初心一路伴我，我怎能

忘记早年和初心的约定

初心是我的使命，是我的责任

初心是我的追求，是我的向往

初心是我奋斗的方向和旗帜

初心像一轮冉冉升起的太阳

一直带着我奔跑，从早跑到晚

初心像一轮火红的朝阳

万顷霞光，时时点亮燃烧着

我一颗躁动不安的心房

初心哟，我不会忘记你

请你相信，我正在不断地

向你靠拢，我的汗水可以做证

我的初心永远被时代的初心

所包裹所温暖，初心在祖国的

需要中燃烧，初心在为人民服务的

熔炉中锻造，能让初心在时代

浪潮中滚滚向前，能让初心

在时代洪流中热血奔涌

多么幸福甜蜜，多么骄傲自豪

热爱生活

任何时候

都要热爱生活

无论你热爱与否

生活依然存在

生活依然滚滚向前

生活依然热气腾腾

热爱生活

就是热爱生命

就是珍惜生命

就是拥抱大自然的美丽

就是亲吻大自然的脸庞

实在找不出

也永远找不到

不热爱大自然的理由

不热爱火热生活的缘由

大自然是如此美丽

生活是如此芬芳

我们能麻木不仁

我们能置身事外吗

热爱生活

生活也在热爱你

你把生活烧得滚烫

生活也把你浓浓炙烤

火热一并进行

热情不分伯仲

热爱生活吧

生活任何时候

都是一幅美丽的画卷

重金难买，一地难求

把火热生活拥入怀中

把滚烫生活举过头顶

做生活的弄潮儿

做命运的主宰者

我是那样热爱运动

运动，是植根心田的

一粒种子，一颗钉子

运动，让人神清气爽

运动，让人身心健康

运动，让人活力四射

运动，让人神采飞扬

运动，我热爱你

丢失了这么多年的运动

今天终于找回了你

我要与你朝夕相处

我要与你喜结连理

我要与你携手同心

我要与你挚爱永远

运动是身体神奇的妙药

生命在于运动

置身于东安湖公园

波光粼粼，走在小径上

多么惬意，多么心旷神怡

有些乐不思蜀，流连忘返

有些意犹未尽，就地扎根

融于自然之中，这是何等妙处

大自然，才是我们永远的追随

大自然，才是生命的本真

大自然，才是生命的回归

我们来自大自然，凭借自身

微弱的优势，影响着大自然

改造着大自然，面对大自然的

伟岸神奇，我们顶礼膜拜

运动就像是一剂迷魂药

让我掉入运动的怀抱

无法自拔，不想动弹

运动就像是一剂兴奋剂

越运动，越兴奋

越运动，越过瘾

置身于运动的怀抱

置身于自然的怀中

真是有种久违的幸福甜蜜

我们任何时候，都无法

辜负运动的恩赐

都无法辜负大自然的青睐

在运动中，让健康更永久

在运动中，让疾病退避三舍

在运动中，让青春的翅膀

飞得更高，飞得更远

在运动中，把心中的热爱

紧紧拥抱，紧紧追随

让运动充斥生活的每一瞬间

让运动伴随我们幸福永远

让运动为生命唱着赞歌

让运动为生活鼓乐鸣奏

让运动为梦想扬起风帆

让运动为人生编织彩虹

假如，我是一棵树

假如，我是一棵树

一棵极不知名的树

一棵默默无闻的树

一棵藏在山溪里的树

一棵不见阳光的树

我把自己埋得很深很深

但我时刻没有丢掉

重现阳光，拥抱阳光

献身阳光的美好期望

假如，我是一棵树

我要用树上的每一片叶片

吮吸世间的灰尘

并不是灰尘多么香甜美味

而是能让人间的空气

更清新，更洁净，更舒心

假如，我是一棵树

我会用我的每一根枝条

装扮大自然的妩媚美丽

让风光无限的大自然

更阳光灿烂，更鸟语花香

让快乐惬意的人们，流连忘返

假如，我是一棵树

我要用我树身的年轮

度量人世间一切风云雨雪

品尝人世间一切酸甜苦辣

观赏人世间一切花开花落

体验人世间一切悲欢离合

假如，我是一棵树

我会将我的躯干，毫无保留

奉献给供我成长的大地上的人们

我从你们那儿得来的养分

我会用我的全部，奉还报恩

这是我的使命，这是我的夙愿

假如，我是一棵树

我已经很幸运，很惬意

整天和泥土，阳光，空气

生活在一起，沐浴在一起

他们都是我友好的伙伴

他们都和我共担风雨

他们都和我周而复始

春夏秋冬，花开花落

我庆幸，我是一棵树

能用自身遮挡风雨阳光

让人们在我的庇护下舒适凉爽

能让我或大或小的躯干

做成栋梁，或者当作柴烧

这都是我梦寐以求的向往

啊，一棵树，一棵伟岸的树

一棵挺拔的树，一棵奉献的树

一棵全身写满了

一心为他人的树

一棵把奉献时刻贴在脸上

揣在心里的树

我为我是这样一棵树

感到荣光，感到骄傲

感到自豪，感到无比欣慰

能做这样的一棵树

是人生的至幸，无比的荣耀

我愿是一束火把，一束光亮

把我的同伴组织起来

形成全社会，全人类

最灼热的光亮

温暖周围的每一个人

温暖脚下每一寸熟悉的土壤

冷的天气，热的心

从不惧怕寒冷

寒冷让我们冷静

寒冷让我们清醒

寒冷让我们时刻保持警惕

防止被另一个贪图享乐

不思进取的自己

打倒，俘虏

寒冷的只有天气

而我的内心

却藏着火热

像一个巨大的火球

在燃烧，在蒸腾

我不想成为寒冷的俘虏

只想用百倍热情之火

将天气的寒冷

炙烤成热气腾腾的炎夏

真正的寒冷

永远都只是内心的寒冷

永远不能在寒冷与炎热中

迷失自我，丢失自我

丢失的不只是内心

连同灵魂，一同交给了

懒惰，交给了自私

那个不想在温柔乡中

度过一个又一个

美好的夜晚，温暖的黎明

舒适的床铺，能让身体

得到最大限度的放松

却给不了内心的充实

因为内心充满喜欢

交朋友，喜欢和沉静

在一起，他们曾经缔约同盟

天气的寒冷，把火热的心

带着一同奔跑，一起徜徉

没有一种成功，会在舒适

安逸中诞生，火热的心

让寒冷的天气，不再寒冷

寒冷的永远只是天气

永远阻挡不住火热的心

在燃烧，在蒸腾，在飞扬

幸福的认知

如果真要问，什么叫幸福

不同的人，有着不同的感悟

而我认为，幸福就是一种认知

在不同人的眼里

在人生不同阶段

对幸福的理解，各不相同

没有哪种好，哪种不好

所不同的，永远都是认知

是理解，是感知

有时候，当你看到一个人

满脸泪痕，他到底是苦还是乐

也许是喜极而泣，泪花中

包裹着甜蜜，也许是寸断肝肠

泪花中掩藏着深深苦痛

幸福，完全是一种认知

如果你认为此时的你，已经

很幸福，那么没有任何人

会说你不幸福，如果你认为

此时的你，很不幸福

那幸福也会很快离你远去

幸福与不幸福，千万不可

被表面假象所迷惑

幸福与钱多少，不直接画等号

钱多，有时候也不会幸福

钱少，有时候也很幸福

幸福与满足，不直接画等号

如果对眼前所拥有的一切

感到很满足，感到很欣慰

那你就会很幸福，相反

对眼前所拥有的一切

总是感到不满足，那就会掉进

欲望的陷阱，总也填不满

怎么会有幸福可言

幸福与健康，可以画等号

健康可以触摸和感知

健康的人一定很幸福

既然健康是最大财富

我们还有何不满足

健康是青山，健康是树根

健康是心灵的唯一搭载

幸福是一种认知，对此

我深信不疑，劳动被一些人

看作是痛苦，一些人却认为

无比幸福，咬牙坚持，奋力前行

一些人认为很劳累，太吃力

一些人却认为此时的状态

最幸福，最充实，最甜蜜

幸福与不幸福

是内心的认知，是思想的升华

是对满足深深的体会和感知

是对欲望的约束和管控

我们在幸福中体会着幸福

我们在幸福中解剖着幸福

幸福就在我们手中，幸福

就在我们身旁，就在我们心里

难道你还没有感觉到

此刻的你，已经很幸福了吗

请把你放在一个合适的环境

人是环境的产物

人时时刻刻都会受到

环境的制约影响

怎可小看环境的魔力

有什么样的环境

就会有什么样的思想

就会有什么样的收获

环境造就人，时势造英雄

任何时候都千万不可小觑

环境对人的巨大影响力

要想成功，首先要有

明确的目标，然后就是

永无止境，永不停歇

长期默默无闻，奋斗到底

坚持一天容易，坚持一个月

可能会做到，如果需要你

坚持十年，或者说几十年

你能做到吗

可以做到，但需要环境的磨砺

需要大家共同的监督

毕竟一个人总是有惰性的

人最难战胜的，就是自己

战胜自己，靠内力

外力也起着不可低估的作用

如果真的自制力有限

那就勇敢把自己

交给外力来打磨，来保管

找一个适合自己生长的环境

多么重要，多么及时

榜样的力量是无穷的

为什么在各个年代

都能涌现各式各样的英雄楷模

说到底，是环境，是大气候

适逢其时，不羡慕古代

也不期盼明天，尽可能把今天

这张答卷，写得足够优秀

那就是对环境最好的报答

物以类聚，人以群分

这么简单的道理

为什么就不能时刻铭记在心里呢

走错了路，说到底还是

迷失了方向，交错了人

说到底还是在人为的环境

认错了人，某种程度上

环境决定了一切

如果你是习武者，就要

起早贪黑，在练武场上摸爬滚打

如果你做学问，就应该

多去书店，多去图书馆

那里会有一种感应，一种磁场

助你一臂之力，助你走向成功

助你飞黄腾达，助你拥揽梦想

生命是一次体验

生命是一次体验

这绝对没错

怎样才能将这

宝贵的生命

尽可能地体验完美

尽可能地体验满意

世界上并没有

这方面的答案

无数次探询生命的奥妙

探询生命的真谛

生命仅仅是一次体验

不想输给这场体验

也想把这场体验的盛宴

享受到极致，体验到顶点

生命仅仅是一次体验

无论别人怎么体验

并不知道，也无须了解

只想把上天交给的

这张答卷，回答得更好

不愧对良心，问心无愧就好

在体验过程中，有人

把生命交给了物欲

在追逐利益中耗尽了一生

有人把生命交给了享受

在追求极致体验中

收获着虚无，百无聊赖

究竟怎样的体验

才算完美，才算值得

生命的体验，是酸甜苦辣

是五味杂陈，是自得其乐

有些可以主宰，可以商量

有些就像天空飘荡着的

一片一片的树叶，能决定

自己的方向和落脚点吗

事实上，生命的体验

也不像人们想象的那么悲观

生命的体验

是一次美好旅程

是一次无与伦比的享受

在体验生命中

感恩人间一切美好

在享受生命中

探寻人生真谛奥妙

心中的诺言

每天说了不少话

究竟哪一句话

是真正说给自己

自欺欺人

欺骗不了内心

最为可怕，无论再忙

都无法忘记当初上高原

心中的诺言

这是我上高原

最原始的想法

也是我上高原

唯一的理由

我把这个理由钉在墙上

我把这一诺言

镶嵌在心里

每当违背了这一诺言

我就心如刀绞

实在咽不下这口气

可以说

每天呕心沥血创作诗歌

是我活下去的唯一理由

最快乐的活法

看惯了太多不如意

真不想牢骚满腹

真不想以各种理由

堵塞了奋斗的去路

也不想以任何谎言

让拼搏的旗帜

在凛冽的寒风中

摇摆不定

为什么我的眼中

常含泪水

因为我对这个社会

常怀感恩

我不想让无谓的复杂

挤满了我

本就狭小的心房

常常这样

一次又一次问自己

来到高原

初心又是为了什么

怎么可以

一次又一次，欺骗内心

欺骗内心，会让

本就命运悲苦的自己

一次又一次

跌倒又爬起吗

没有时间擦掉眼泪

更没有时间

唉声叹气，怨天尤人

这不是我的个性

更不是

没有实现目标的托辞

在残酷现实面前

任何借口，都显得

异常苍白无力，毫无生机

唯有一天又一天

一次又一次

向自己无情开刀

看到鲜红的血

又一次吹响冲锋号

突然间明白

阵地就在眼前

向前奋力倾倒的姿势

最美最好，只有在这种

永远定格的姿势中

我才一次又一次

触摸到

真实的自我，活着的自我

清醒的自我，永恒的自我

受气桶的容量

纵然把所有怨气

都倒给我

都盛不满我宽阔的边缘

有气就往这儿倒

有怨就往这儿喷

不是我体量有多大

只是在这儿发泄了

全身都会好很多

能装得下怨气的人

肚量大得惊人

你能气到他吗

他的定力到底有多强大

你能想象得到吗

总是用常人思维

来看待这个世界

难免会有些不尽人意

试着把思维翻转过来

把视角微微偏一偏

也许先前的一切

就会柳暗花明又一村

做一个受气桶

没有什么不好

看似吃了很多亏

有时做一个明白的糊涂人

也是一种境界

也是一种涵养

有什么怨气

都倒过来吧

倒的人越多

你的体量就越大

能把怨气倒给你

你收获了信任

你收获了宽容

渐渐人们都会对你

刮目相看，竖起拇指

虽然受气桶容量很大

但还是希望人间充满祥和

社会处处生长友善

多一些换位思考，宽容体谅

放在人生的长河里

一切的不快乐

都是稍纵即逝的泡影

放在时间的光影里

一切的不如意

都像一道划破云霄的闪电

我们还会再生气吗

阳光到处都一样

我相信，此时此刻

全世界只要有阳光的地方

阳光到处都一样

暴晒了一天的阳光

临近黄昏，已接近尾声

仔细眺望阳光的脸庞

犹如端详一位长者

带着崇敬，心怀祝福

阳光很美，有阳光的地方

就会有光明，阳光均匀地

洒遍世界每一个角落

无论是沙漠，海洋，湖泊

还是高山，牧场，田野

从不厚此薄彼，嫌贫爱富

看到阳光，就看到了光明

生活在阳光下的人们

对每一天的阳光，总是

习以为常，见怪不怪

因为拥有，总不觉得富贵

因为稀少，而让人们

梦寐以求，温暖的阳光

照在身上，明亮在心里

经历过黑夜的人们

对阳光的珍惜，非同寻常

黑夜是奋斗者的苦苦探索

黑夜是黎明前曙光的初现

如果真要找寻公平公正

那就非阳光莫属，每时每刻

均匀地把阳光，赠予大家

洒在我们每一个人身上

珍惜当下

所有的珍惜

都没有珍惜当下

这么实在，这么充实

当下，看得见，摸得着

和我们形影不离

和我们时时惺惺相惜

珍惜当下

就是对生命的最大尊重

就是对人生的无比热爱

就是对生活的无比珍惜

就是对人间的无限留恋

就是对事业的执着忠诚

就是对健康的坚实行动

就是对家庭的高度负责

就是对父母的最大孝道

就是对子女的最大牵挂

就是对友情的无比珍重

再没有比珍惜当下

更美好的事情了

再没有比活在当下

更具体的真实了

人生的真谛，就在于

扎扎实实，一步一个脚印

把当下的每一步迈得更稳

把当下的每一分每一秒

像爱惜生命那样

尽情地抒写，尽情地张扬

珍惜当下

就是最好的誓言

就是最好的行动

说得再多，不如做得更好

一次勇敢的行动

让懦弱的决心，无处躲藏

珍惜当下

总是让我们把人生的美好

无限向往，无限留恋

总是让我们用坚实的行动

击破一个又一个脆弱的谎言

再也没有比珍惜当下

更有力量，更有分量

因为，当下就是生命的标尺

因为，当下就是生命的脚印

扳着指头过日子

时间快似闪电

一天就这样过去了

如何对今天进行盘点

取得了什么

拥有了什么

是否可以细细去想

不进行盘点

不进行总结

就是对人生

最大的不负责任

扳着指头过日子

日子过一天

就会少一天

不要总以为

日子还很长很远

再长的日子

也有尽头

无论你总结与否

无论对今天是否清算

今天都会过去的

谁也挡不住

今天的步伐

就这样日复一日

就这样月复一月

就这样年复一年

看似很平常的日子

有着很不平凡的内容

生活的本质是真实

幸福的本质是简单

我们之所以有时很痛苦

一切皆源于复杂

如果能够一切从简

幸福就会悄悄开门

真应该扳着指头过日子

因为每个人的日子

并不很多，并不宽裕

我们在顺境要想着逆境

在坦途时要想着泥泞

在健康时要想着

命运有时也会拐弯

来时的路

我们永远记得

人生的无常

我们不得不去想

不想，并不见得

就不会发生

经常去想

也不见得，就躲得过

辩证地看待眼前的一切

一直想活个样子

好好给别人看

没想到，这个世界

真正的主人，就是

当下的你自己

真的，时间太紧了

真的，时间太紧了

我以最快的速度

努力把功课做完

不知效果会如何

真的，时间太紧了

听着熟悉的乐曲

可我紧张的神经

无论如何也舒缓不下来

时间太紧，我必须

加班加点，不让任何借口

成为我拖延的理由

逼一逼，大有好处

逼到绝处，才会绝处逢生

才会柳暗花明又一村

真的，时间太紧了

我那时来不及细想

甚至无法去想

千钧一发之际

也许是动物的本能

勇敢地一搏

抒写了一曲史诗性杰作

真的，时间太紧了

这么宏大的工程

要在这么短的时间内完成

挑战无处不在，无时不在

奇迹就是在艰险中诞生

辉煌就是在忘我中铸就

真的，时间太紧了

秒针在嘀嗒向前

还有几分钟就要交卷

看了一遍又一遍

心里总还是觉得不踏实

改了又改，涂了又涂

把猛虎锁进铁笼

情绪似一只猛虎

时时瞄准你

时时准备吞噬你

朋友，请管好你的猛虎

请把控好你的情绪

因为情绪的猛虎

与你时时相伴，终生相伴

永远无法分割分离

为什么要把情绪比喻成

一只凶猛无比的猛虎

因为情绪会伤人，会咬人

凶猛起来，可能会咬得你

遍体鳞伤，体无完肤

远的不说，就拿网络上

说的一则故事，有一对

青年男女到医院去看望亲人

走到医院门口，正好碰到

一个气急败坏的恶霸

内心好似充满了对外界百般仇恨

女孩不小心触碰了他一下

并且及时做了诚恳道歉

他还是对女孩出言不逊，按理说

忍一忍，也就过去了，她

好像咽不下这口气，就让

男朋友过去辩驳，结果火气

升温，大打出手，男朋友

为此丧命，女孩也身受重伤

小小一件事，暂且不说

孰对孰错，孰轻孰重

惨剧血淋淋地发生了

并且付出了生命的代价

这就是情绪喷出的烈火

这和猛虎咬人，又有何异同

情绪这只猛虎，如果

控制不好，就会像一只

巨型火药桶，引爆起来

瞬间，就会把眼前的一切

毁于一旦，其所爆发的能量

所造成的损失，往往超乎

人们的想象，后果不堪设想

过失无法弥补，追悔莫及

万事不求全忍，但该忍

就得忍，其中的度量，全靠你

做主，全靠你掂量，有些事

忍一忍，也就过去了，非得争个

你高我低，非得拼个鱼死网破

到头来，没有真正的赢家

仔细掂量盘算，两败俱伤

俗话说，忍一忍，海阔天空

心胸宽广的人，总会心向远方

锱铢必较的人，看似占了便宜

其实他失去的更多，得失全在心间

豁达大度的人，与人相处似一缕

和煦温馨的春风，给人以温暖

自己也在宽宏大度中甜蜜幸福

有时候，看似眼前吃亏

却体现了你博大的包容

人有喜怒哀乐，月有阴晴圆缺

人们常说，江山易改，本性难移

但也不能任自身这只猛虎

无所顾忌，肆无忌惮

活着的一生，就是修炼的一生

事情做得如何，人生是否宽广有为

你的情绪，你的修为，已为你埋设

最好的伏笔，已为你做出最好的铺垫

常言道，人在生气的时候，智商为零

很多错误的选择，都是在情绪不稳时

产生决定，人在生气时，形象最不好

往往会把内心最大的底牌，和盘托出

让合作伙伴对你重新考虑

让正在相处的男女朋友，看到了你

可怕狰狞的一面，给以后的相处

蒙上了阴影，长时间的争吵，也会

让和谐幸福的家庭出现裂痕，也会

给子女带来伤害，留下挥之不去的阴影

能管好情绪这只猛虎，是一个

了不起的人，是一个自律的人

很有定性的人，情绪也会互相传染

不良的情绪，如同污染的空气

天空中到处弥漫着阴霾，又如同

污浊的河水，会给朝夕相处的朋友

带来健康的危害，牢牢管住情绪

这只猛虎，会给彼此带来和谐愉快

也会让你飞得更高，飞向更远

所　有

所有的后悔

都是自我种植

所有的遗憾

都于事无补

所有的痛苦

都必须独自品尝

所有的不自律

迟早有一天

都会加倍偿还

所有的浪费

都是对生命的亵渎

都是对时间的践踏

都是对健康的蔑视

看似不经意的浪费

都将为痛苦糊涂

埋下伏笔，留下隐患

所有的自欺欺人

都逃避不了良心的藩篱

所有的娇纵任性

都会接受理性的宣判

所有的贪婪

都会深陷欲望的陷阱

永难自拔，很难收手

所有的梦想

都要靠勤劳的双手

都要靠坚实的脚步

企图投机取巧

总想不劳而获

都会被不切实际的妄想

都会被两脚腾空的幻想

摔得很碎，跌得很痛

所有的真情

都会得到应有的回报

真情最喜欢善良

善良把真情紧紧拥抱

真情最能引爆感动

当感动的洪流一旦决堤

都是真情强大冲击波的回声

都是真情圆舞曲的顶峰

所有的奉献

都是人格的不断完善

都是境界的不断提升

都是心灵美的化身

奉献的是爱心

收获的是整个天空

奉献的是情操

赠予你的是精神的伟岸

人格的完善，道德的永恒

活得很简单

活得很简单

是一种幸福

是一种知足

为何不能简单一些呢

世界的确很复杂

但我们可以

把复杂问题简单化

本身就是一种幸福

喜欢简单

不是说哪个人不会复杂

为何要复杂

复杂的生活很有意思吗

有时候简单的生活

更接近真实，更贴近幸福

更沐浴着雨露阳光

活得很简单

活着的唯一想法

就是能把内心所思所念

倾诉在一尺见方的格子里

其乐无穷，其意绵绵

不想有多么奢侈

也不想大富大贵

就只想平平安安

一心一意，爱我所爱

把自己全部交给稿纸

把自己全部交给钟情

交得彻底一些

不留任何私货

也只能做做这些

把仅有的这点细小的事情

能做好，就很不错

能不能做到极致

想起来都很难

但只要尽力了

并且尽了最大努力

那内心一定是无憾的

每天最大的幸福

就是不把任何遗憾

带入梦中

不会因为白天的后悔连连

辗转反侧，彻夜难眠

实在经不起折腾了

本身就醒得迟，起步晚

还要优柔寡断，见异思迁

这样不知道要何时

才能看到希望的曙光

每天活着的全部意义

就是为了那几行内心揉搓的文字

就是为了那苦思冥想的灵感闪现

也许很痛苦，也许很揪心

但如果不这样做

不这样受苦，不这样心累

相反会更加痛苦，更加不安

既然下定决心

去做一名独行者

就把孤独和寂寞，紧紧拥抱

也许这样心里更踏实

也许这样灵魂更安全

世上哪有那么多的尽善尽美

能把一种热爱持续到底

也很不错，这样的人

这样的事，已经很多很多

如果说这是一场梦

我愿这个梦一直做下去

不想醒来，虚幻的梦

比现实中的自我

也许会更幸福，也许会更自在

就这样一直以梦为马

驰骋在思想无边无际

辽阔的草原，能跑多远

就跑多远，一直跑，使劲跑

宁可在这条道上一直跑下去

跑向疲惫，跑向身心憔悴

也不愿把最美的梦唤醒叫醒

拥有一个单纯的自我

单纯的自我，多么美好

无忧无虑，无牵无挂

这是人性的本真

这是清水出芙蓉

这是濯清涟而不妖

这是像雪一样洁白无瑕

不要总想着成为一个

成熟的自我，和单纯的

自我比起来，各有各的味道

没有说哪个更好些

究其实，成熟的极致

最终将走向单纯的自我

一个到了晚年的人

单纯是他独有的品德

为何单纯，为何成熟了一辈子

最终又走向单纯，因为

到了一定阶段，他把人间

一切都看开了，看淡了

已经走出了真正的自我

活通透了，活豁达了

在年少时，一心追求成熟老练

因为要走江湖，闯世界

翅膀不硬些，无法搏击风雨

会飞不高，会飞不远

拥有一对无比坚硬的翅膀

会让我们更加自信有力量

在社会的浪潮中搏击风雨

仔细想想，这样的人生

固然起伏跌宕，充满刺激

但真正值得回味的，永远

都充满着单纯，纯真

这是人性的归宿，这是

自然发展不可抗拒的源泉

拥有一个单纯的自我

是人生的一个阶段

一个更高层面的阶段

这是返璞归真，这是理想彼岸

不想让单纯的内心

在翻江倒海中苦苦挣扎

也不想让人性的至纯至真

被阴暗的旋涡所颠覆，所熏染

拥有一个单纯的自我

是幸福的，是柳暗花明又一村

是水到渠成，是修炼到家

单纯而不盲动，单纯而富有

大智慧高境界，在单纯中

飞速提升，在单纯中避开旋涡

在单纯中把微笑留给内心

在单纯中奏响生命的凯歌

生命的感悟

近闻几则

让人心痛的信息

不免令人毛骨悚然

几多感慨，几多惆怅

内心淤积多日

怎能不往外诉说

生命何等宝贵

径直从很高的楼层

一跃而下，眼前的惨烈

已让人目不忍视

又是因何缘故

非得让生命承受这

飞来横祸，寸断肝肠

再大的委屈，再大的烦恼

都可在生活中找到钥匙

非得让这惨烈的景象

让众人震惊，让大家惊诧

最难以收场的还是自己

你这样狠心一跃

把伤心欲绝留给了父母

把寸断肝肠留给了双亲

悔不该啊，万不该啊

命运就这样在花季

画上了一个让人泪奔的句号

生命就这样在现实面前

举起了双手，一切完全

可以不这样，忍耐去哪儿了

理智去哪儿了，沟通去哪儿了

生命本不该这样脆弱

你更没有理由，让宝贵的生命

就这样无情凋谢

就这样命归黄泉

本不该发生的事

活生生在眼前发生了

本不该遇见的事

就这样惨不忍睹

这一切究竟到底是为了什么

不该将后续的事情

留给亲人，留给朋友

父母含辛茹苦将你养大

你把最后的痛苦

丢给了年迈的父母

你把最该给的微笑

洒向了天空，种在了大地

生命，在这一瞬间

竟是这样脆弱，不堪一击

生命，在这一刹那

竟是这样如昙花一现

说走就走

伤痛的花朵，开在了父母心中

花朵一天天长大，这就是

你给父母的报答

刺锥的揪心，让父母痛不欲生

都难以换回你今生如花笑颜

也许你很痛苦，也许你很忧伤

内心有解不开的疙瘩

内心有诉不尽的烦恼

当天空阴云密布，再也无法

抵挡暴风雨的侵袭

当生命再也无法承受生命之轻

横梁折断了，大厦倾覆了

就这样用生命累积起来的

花季，在风中

一去不复返，定格为永恒

但愿这样的伤痛，少之又少

但愿这样的别离，不再遇见

因为我们都生活在同一片天空下

因为我们也有着兄弟姐妹

因为我们也有着儿女情长

因为我们也有着含辛茹苦的父母

在伟大而高贵的生命面前

任何时候，都没有让生命随意

凋谢的自由，陨落的借口

因为生命，不仅仅属于你和我

感情的潮水

生活在大千世界里

却常常让我眼眶湿润

不知道，是不是

我不够坚强，不够勇敢

其实我当过兵，吃过苦

进行过严格训练

从身体和精神上，也算刚强

怎奈就是碰不得

感动的人和事

好像到了一定年龄

泪腺在疯狂生长

这也许与我酷爱写作

多愁善感，有着很大关系

不知道这样下去

眼睛会不会受到影响

因为光明

对我像生命一样珍贵

感情的潮水啊，随时

都在刺激着我脆弱的神经

一个小视频

街头一个小场景

或者普通生活里

别人一个很平常的举手投足

一不小心，刺到了我

脆弱而敏感的泪腺

瞬间就会泪如雨下

有些失态，为了掩饰这种窘态

我会故意把头转过去

埋得很低，以免让别人

看到这种极其不自然的神态

有什么办法，只可惜

找遍所有药店，都没有找到

能医治这种窘态的灵丹妙药

感情的潮水啊

您要流就尽情流吧

挡也挡不住，管也管不住

一切就都随您吧

过分压抑，反而会让您

无法自然，无法张扬

感情的潮水啊，想流就流吧

人世间，每天有多少

感动的故事，在生活中上演

在现实中流淌，控制不住

那就发出声来，这又不是

什么见不得人的事情

哪个人没有弱点

不怕你们笑话，脆弱的外表

有时也会埋藏着

坚硬如铁的刚强，潮水的奔涌

让我对这个世界，爱得很深

泪为谁而流，泪为谁而淌

流给真情，流给真诚，流给纯朴

在现实的汪洋大海里

我在感情的潮水里

激情游荡，任意徜徉

一旦掉入真情实感的旋涡里

就总也上不了岸

哦，我瞬间明白了

那是因为，我欠现实太多

欠社会太多，欠父母太多

欠朋友太多，所有这一切

都像变魔法似的

给了我一次又一次

难得的偿还机会

我偿还得越多

内心就越平静，就越充实

这也许是一次崇高

是一次蜕茧，是一次顿悟

感情的潮水

美丽的水，真情的水

似雪山上的水

那样冰清玉洁

从没有受过任何污染

清澈见底，异常透明

感情的潮水，人性的光芒

这个世界上

只要有感情的潮水

就永远充满活力

就永远不会干涸

感情的潮水

洗涤着人们的心灵

它像一剂清洗液

时时在涤荡着

我内心的污垢和沉渣

经过清洗过滤

内心时刻干净清澈

感情的潮水

汇聚成社会一股清流

让社会更加纯净更加向上

感情的潮水，汹涌澎湃

流向社会，流向世界

流向天空，流向大地

流向阳光，流向微风

流向每一个人的心田

有感情的地方，就会有真情

有潮水的地方

就生长着浓浓的感动

为什么要抑制感情的潮水

在这样的潮水里

映射着太阳，种植着感恩

播撒着感动，收获着奉献

感情的潮水，啊

让人间更美丽，让社会更幸福

感情的潮水，啊

让世界更明亮，让未来更通畅

也仅仅是一把伞

外面大雨滂沱

我被赶到一家面馆

陷入进退两难的境地

此时的我，多么渴望

有一把伞，为我遮挡瓢泼大雨

是啊，此时的我

仅仅只需要一把伞

这把伞不一定名贵

也不管什么牌子

只要能遮风挡雨就行

就那么简单的一个愿望

此时就成了我的全部希望

一把伞，在平时，习以为常

不足为奇，而在另一种境地

另一处环境，一切就截然不同

风雨飘泼中的一把伞

可以为我们遮风挡雨

为我们带来安全，带来温暖

人生中的一把伞

此时又让我想到了许多许多

伞，为我们遮挡头顶上

最柔弱的一抹秋雨

最温馨灿烂的一束阳光

让我们安稳，让我们心静

人生中的伞，又是什么呢

人生中的伞，可能是我们的手艺

可能是我们的水平能力

也可能是我们谋生最基本的工具

这把伞，可以是我们目前

最现实的工作，也可以是

我们执着追求心中的崇高事业

人生中的这把伞，让我们安稳

让我们舒心，让我们乐此不疲

让我们起早贪黑，让我们

为命运奔波，让我们为生计操劳

让我们牢牢抓住这把伞不放

让我们看到了生活的全部希望

生活中的一把伞，看似平平常常

紧要处，却成了生活的翅膀

一把伞，遮风挡雨，庇护周全

一把伞，自立自强，包裹着希望

一把伞，让我们到达生活彼岸

一把伞，让我们生命灵动永恒

一把伞，让愿望生根发芽结果

一把伞，让人生追求执着永远

第六辑

把真情
流淌
笔端

爬格子是件体力活

爬格子是件体力活

这是我的感知，是我的体验

此时此刻的我，就正在

爬着格子，爬得很累

爬得很辛苦，爬起来

就全神贯注，聚精会神

爬起来，就忘却了

外界的一切声响，仿佛

偌大的空间，只有我一个

爬格子的确是件体力活

每一次爬格子，我都把它

当成一次战斗，仿佛要和

顽强的敌人战斗到底

其实，真正的敌人

永远都是难以对付的自己

是啊，自己才是自己真正的
敌人，因此说，人最难战胜的
永远都是你自己，因为你了解
对手的弱点短处，优势长处
战胜自己，就是选择一个
很强的对手，向对方宣战

爬格子是件体力活，要不断
了解社会，熟悉生活，同时
还要时时解剖自己，不了解
社会，不熟悉自己，怎么能
做到游刃有余，笔下生花

说到爬格子是件体力活
那是因为总感到自身的
认知，还有很大提升空间
总感到自己在收割庄稼时
感情还不够饱满，自身的
水平，还总是羞于见人
每次出场都带着尴尬，带着
生疏，在这个陌生而又

熟悉的环境里，在这个热爱

而又痛苦的蒸烤中，一直是

硬着头皮往里冲，往里冲

前方的路，也许布满荆棘

但前脚已经迈出来了，就

再也不想缩回去，因为

每一条路也许都很艰辛

每一条路也许都一样不好走

走着走着，也许就走顺了

走着走着，也许就走习惯了

习惯了，就自然了，天长日久

朝着一个方向，不断地走

永远地走，总有一天

会到达彼岸，触摸理想

我为什么要写作

每当说起这个话题

顿时让我感到很冷静

冷静的是，任何一个人

在未出发前，都不知道

自己究竟要去往何处

未免会让人感到很诡异

这如同一个革命者

都不知道自己究竟

要信仰什么，要追求什么

要同什么进行最后，甚至是

永远的战斗一样，方向是我们

动力的源泉，前行的航灯

我为什么要写作

只是因为我热爱

兴趣是最简单的事

与人的生活经历息息相关

热爱胜过一切，兴趣是

持久的动力，如果还有人

不断肯定，大加赞赏

那就更如虎添翼，如一匹

驰骋疆场的骏马，将跑得更快

跑得更猛，跑得更自信

我为什么要写作

我想给生命赋予一种

内心存在的形式，不违背内心

遵从内心，这种形式

只要自己喜欢，自己愿意

不横向攀比，也不见异思迁

一直遵从内心，一直敬重内心

也许这就是对自己生命

最大的赏赐，一辈子

能把自己活给内心

也许是人生的幸运和福气

人生的道路有无数条，可是

生命何其短也，我们为何

要将极其有限的生命，投入到

心不甘情不愿的事情上来呢

不愿追求浮华，也不想被潮流

所淹没，只想在社会大潮中

还能够坚守内心，守住清静

写作，就是一种劳动，写作者，就是

一个苦行僧，自从选择了写作

就选择了一种生活方式

就选择了一种生活道路

吃苦是必然的，绝对的

任何侥幸心理，投机取巧

不劳而获的心态，都瞒哄不了

写作，真正的写作，需要

踏踏实实，一步一个脚印

不断地向前，向前，再向前

写作，从根本上说

依然是一种无休止的劳动

这种劳动，与贪图享受

几乎背道而驰，水火不容

这种艰苦劳动，需要忘我，有时

可能不被人理解，要承担很多

误解或者委屈，这一切你都

不能有任何怨言，把这一切

都悄悄地埋在心底，默默前行

也许总有一天会柳暗花明

写作，是一种心态，要把它

看成是一种平平常常的工作

并不认为，从事这种工作

就会高人一等，多么了不起

心态决定命运，态度决定成果

越清心寡欲，越容易出成果

越心浮气躁，越容易偏离航道

写作，是一种创造，它不是

单纯的鹦鹉学舌，也不是

依葫芦画瓢，写作需要创新

需要新奇，需要挑战，需要勇气

否则，很难走远，很难让创造

产生永久的生命力，创造源于

实践，源于生活，源于积累

源于大爱，源于博爱，源于

对生活深深的思考和提炼

源于对生活的敏锐观察和提炼

写作，是一种奉献，奉献是

一种境界，是一种责任，是一种

追求，只有心存奉献，才会

境界高远，才会灵感倍出

只有心怀奉献，才会懂得感恩

才会感动自己，才会感染他人

只有时时生活在感动中，才会

让我们热血沸腾，内心

才会有说不完的话，诉不完的情

灵感，早已在前方等候

写作，讲究灵感，灵感

是什么，灵感也许是生活的累积

灵感是长时间跋涉的瞬间喷涌

灵感让我们不顾一切，放下

手中的活儿，把它迎接

把它敬仰，它很脆弱，它很娇气

一不小心，就会惹怒了它

它就会迅即逃跑，无影无踪

作为一个勤劳播种的人

谁不想拥有更多灵感

谁愿意对灵感如此怠慢

对灵感的不珍惜，不热情

作为依靠灵感吃饭的劳动者

是多么地讽刺和可笑

灵感就像一位上帝，它更愿意

光顾那些为它含情脉脉

始终如一的忠实者，从本质上

来说，灵感很实在，也很有良心

你对它好，它会对你更好

它更愿意为你的诚心恒心耐心

所打动所激动，只要愿意为它

双倍付出，它就会以更大的

几何级，向你回报，从不欠

任何人情，它从来都是一个

超级富有者，总也取之不尽

之所以有时候会文思枯竭

那是因为我们投入得太少

当我们整天沉醉在某一件

事情上的时候，灵感就会像

喷薄而出的泉水，汩汩流个不停

你都已经沉醉其中了，还怕灵感

辜负了你的满腔情意，那怎么可能

我了解灵感，它很大方很大度

从来都不会对任何人有所亏欠

可近可远的灵感，稍纵即逝的

灵感，捉摸不定的灵感，究竟

怎样才能得到你永久的青睐

我经常想邀请灵感来家中做客

可它一次都未能按时赴约

每次当我想它念它等它的时候

就是不来，好像在捉迷藏

当我准备入睡时，当我准备

洗手时，当我准备等车时

灵感啊，这个时候你不偏不倚

悄无声息，来到了我面前

从不和我讲价，一切都是

它说了算，干练果断，毫无

商量的余地，我只有停下

手中的一切，以最热情最迅捷

的速度，将它迎接，不敢有丝毫

怠慢，否则它这一去，任凭我

千呼万唤，它都会置之不理，也许

今生都会擦肩而过，永不复返

稍纵即逝的灵感啊，我一次

又一次将你捕捉，将你珍惜

你给了我努力奋斗的决心和信心

你给了我战胜困难的斗志和勇气

你给了我坚持到底的恒心和耐心

无论何时，无论何地，我都无法

将你相忘，无论以后的路途

如何艰险，多么泥泞，既然选择

与你为伴，就要义无反顾坚持到底

是缘分，是命运，更是一种庄严承诺

心愿落地生根

书，终于出来了

永远难忘这一天

2023 年 11 月 15 日

这一天，是我孩子的生日

这一天，让我整整等了四年

为了这一天，我死心塌地热恋诗歌

为了这本书，我倾尽所有

但看到可爱的孩子

感觉一切的付出，都千值万值

这是播种后的喜悦

这是庄稼人的全部收成

这是初学者的满载而归

我怀着激动的心情

满心欢喜细细打量着我的孩子

我用颤抖的双手抱紧我的孩子

人常说，十月怀胎，实属不易

四年来，整整四十八个月

我用漫长的努力把期待追寻

书，终于回来了，回来了

仿佛见到了久违的亲人

一切的一切，就这样尘埃落定

这是胜利，这是成功

这是振臂高呼，这是泪流满面

这是内心救赎，这是命运翻版

终于等来了今天，终于如愿

终于让我看到了火光火焰

终于让我扬眉吐气喜笑颜开

人生能过成这样，千值万值

感恩所有的遇见，所有的恩情

感恩所有的期盼，所有的如愿

万里长征跨出了第一步
后面的路会走得更好更稳
为了人生，为了明天

为了心中那一团永不熄灭的火焰
为了给内心一个永久的交代
为了能让光亮照得更久更远

作品会说话

一排排书，一本本书

一摞摞书，整整齐齐

如荷枪实弹的哨兵

目光如炬，严阵以待

它们把书店装扮得很井然

如一位位贵客，被书店

请进了温馨浪漫的家里面

随意翻翻，大致看看

我像是一位认真严肃的评委

又像是一位态度端正的教官

看着面前的一本本书

仔细揣摩着作品背后的

所思所想，所忧所虑

他们当时的喜怒哀乐

虽然被作品所包裹

但还是通过字里行间

明白了作品要说的话

作品会说话，你不信吗

置身作品的海洋，我好似

被众多专家学者所包围

虽然他们有各自的领域

但依然敞开心扉，直抒胸臆

来自天南海北，五湖四海

先前并不相识，以书架为媒

大家有缘相会，走在一起

交流心得，取长补短，

其乐融融，让心里话蹦个不停

作品在说话，你听见了吗

不同的领域，不同的门类

不同的方言，不同的阶层

把心中想说的话，通过作品

进行表达，进行传递，心声

是作品的真切感受，思想是

作品的沉淀结晶，留下了永恒

镌刻着不朽，把内心话说给历史

把爱恨情仇洒向天空

一本本书，一位位作者

他们没有来到现场，但委托作品

来参加来发言，聆听他们的

真知灼见，如醍醐灌顶

如沐浴春风，茅塞顿开

豁然开朗，如久旱逢甘霖

多么幸福知足，多么充实愉悦

知识的琼浆，已将我灌得

酩酊大醉，分不清东西南北

啊，有知识真好，有水平更高

智慧从这里结伴同行，走向成功

聪明在这里相互交织，青出于蓝

道德在这里闪着金光，划破夜空

崇高在这里巍峨耸立，直插云霄

理想在这里生根发芽，心向天空

前途在这里精心描绘，胜券在握

成功在这里扬帆起航，驶向远方

奉献在这里落地生根，遍地开花

诗歌饱含真性情

诗歌可能有很多类

但我独喜叶文福的诗歌

核心就是他的真情真意

这是诗歌的翅羽

这是诗歌的灵魂

这是诗歌的生命和真谛

无论别人怎么讲

而我独喜叶文福的诗歌

我与叶老师素昧平生

距离有多远，无从知晓

喜欢他的诗歌

是因为他的诗歌

在瞬间

将我深深打动

将我即刻俘获

喜欢叶文福的诗歌

源于他的正气

源于他的真情

源于他浓浓的激情

源于他的热血沸腾，激情高昂

源于他的浩浩正气，铮铮铁骨

源于他的满腔悲愤，胸怀天下

喜欢一个人，无须见面

有了他的精神，有了他的情怀

有了他的风范，有了他的思想

有了他的格局，有了他的境界

这就深深够了，因为这一切

闪着金光，让人折服

佩服一个人，止于表面

多么苍白

只有发自内心的佩服

才能亘古不变，良心为证

叶文福的诗歌，之前我读得很少

偶然读到他的一首，顿时

让我眼前一亮，相识恨晚

读他的诗歌，是一种享受

是一种幸福快乐，是一种热血沸腾

是一种激情澎湃，是一种酣畅淋漓

因为，他的诗歌就是他的性情

也因为，他的性情，他的秉性

和我有着天然的契合

喜欢一个人，佩服一个人

崇敬一个人，敬仰一个人

无须见面，看看他的文风

触摸他的思想，这就已经足够了

生活中无须矫揉造作，无病呻吟

生活中无须遛须拍马，逢场作戏

如果真要让人佩服，让人崇敬

那就请拿出你的真情

拿出你的真才实学

拿出你响当当的拳头产品

和无人匹敌的撒手锏

我讨厌虚伪，讨厌做作

讨厌阿谀奉迎，虚情假意

因此我常常被人排挤

因此我常常让人感觉不合时宜

朋友啊，我实在不想丢失

真实的自己，如果丢失了

真实的自己，那样苟且偷生地

活着，还会有什么样的意义

我宁愿活得像一根旗杆，纵然

有朝一日倒下，也要直直倒下

绝不会皱一下眉，眨一下眼

流露出任何怯懦

因为你的脊梁骨是用钢做的

作家是写出来的

作家离开了写

那还是作家吗

创作是作家的天职

作家的使命就在于创作

不但要写，而且还要

发疯地写，拼命地写

忘情地写，终生地写

创作对于作家

就如同鱼儿离不开水

就如同蜜蜂不辞辛劳地酿蜜

就如同农民终生种田

就如同母亲时时牵挂着你

就如同天空时时俯瞰着大地

就如同大地上生长着庄稼

生长着高山湖泊草原森林

真正热爱创作

到处都是你驰骋疆场的地方

车站，码头，田间，地垄

无论多么嘈杂，无论多么拥挤

只要拿起写作的武器

就像一个饿汉得到一块面包

就像一个干涸的人痛饮一杯清水

创作对于作家来说

就如同家常便饭

不挑食，塞满肚子就行

过于偏食，过于讲究品种质量

哪有心思创作，创作说简单

是因为随时随地就可展开

任何人都可来两句墨两笔

说她神圣，是想写好

那就得脱层皮

人人都能做的事

代表了事物的普遍性

可要在极其普遍的情况下

在众多人人都能为之的情况下

你却能独树一帜，自成一家

那的确是难上加难，凤毛麟角

创作对于作家，如果热爱

就如同每天饮水，就如同

每天呼吸新鲜空气，就如同

每天都要穿衣吃饭做事

与我们形影不离，须臾不可分

是一种自然，是一种默许

是心灵契合，是身心合一

无论风浪多大

无论天气如何

只要心中有佛，到处都可以拜

而且在出发之前，最好是

六根清净，不带私心

不带铜臭，不戴乌纱

轻车简从，身心清澈见底

走的路，才能又端又直

灵 感

当灵感到来时

千万不要迟疑

赶快放下手中一切

以最快速度迎接

不然，灵感就会稍纵即逝

很难重新找回

灵感，是一刹那

灵感，是一瞬间

抓住了，就是一条活鱼

丢失了，一篇美文烟消云散

因为有灵感，美文

才新鲜灵动，生动传神

灵感，赋予美文以灵魂

以激情，以排山倒海的气势

灵感，赋予美文摧枯拉朽

任何力量都无法阻挡

在无数灵感中，我将

精神的火焰，尽情燃烧

我将奋斗的旗帜

插满山巅，迎风展翅

灵感，很矫情，很做作

来如一阵风，去如一闪电

动作不迅猛，手脚不利落

灵感很快就会跑得一干二净

跑掉了，等到下一回

即便等来了，绝对是

另一个新面孔

灵感，来源于对生活的

细腻观察，敏感捕捉

灵感，来源于对生活的

无比热爱，百般珍惜

生活，是灵感的储藏室

生活，是灵感的导火索

灵感，让多姿多彩的生活

放射出绚丽多彩的光芒

不是任何人，都有资格

受到灵感的青睐

只有做个有心人

才能在昙花一现时

顺势把灵感紧紧揪住

让灵感酿造甜蜜

让灵感火焰喷涌

细细品味，慢工出细活

任何事物发展壮大

都会历经艰难困苦

谁不想多快好省

谁不想快马加鞭

但事物的成长，自然有它

内部的规律，拔苗助长

违背事物规律，只会适得其反

慢工出细活

是滴水穿石

是十年磨一剑

是咬定青山不放松

只有先慢下来，平心静气

心里始终有一股劲

才会怀抱希望，拥抱春天

善于从慢工入手，就是

着眼长远，不是急功近利

不是表面应景，不是

应付了事，不是寻求安慰

而是铁了心谋虑一件事

这件事，可能需要十年

二十年，三十年，五十年

甚至一百年，几百年

功在当代，利在千秋

慢工出细活，有时候

谋划一件事，更注重事物

内在的连续性，慢不等于

偷奸耍滑，做个样子图好看

而是非常尊重事物内在规律

有时候不切实际地盲目冒进

只会适得其反，欲速则不达

慢工出细活，更要求我们

打好基础，练好内功

把基本功打扎实，基础愈牢靠

才会走得更远，飞得更高

否则，基础不牢，地动山摇

花拳绣腿，瞒得了今日

哄不过明天，瞒得了自己

哄不过良心，更哄不过正义公道

慢工出细活，让我们更注重长远

一个国家，一个民族，一个时代

要想永远立于不败之地，永远

兴旺发达，永远繁荣昌盛富强

需要一代，两代，三代，无数代

持续传承，不断地走下去

不断地走到底，稳扎稳打

一步一个脚印，走向民族昌盛

走向中华富强，走向和平永固

诗歌的力量

诗歌如黑暗里的一盏灯

它能让前行者

循着光亮，咬牙前行

不畏惧任何风浪

也不惧怕一切洪水猛兽

有灯光，就有希望

有灯光，就会看到光明

有灯光，就会心里有路

有灯光，人生就不会绝望

有灯光，所有的期待

都在发芽，都在生长

诗歌是弱者的拐杖

它会忠心耿耿

陪伴你走到天亮

走到日出日落

走出人生的困境和迷茫

一切的不如意

都没有什么大不了

手里握紧的，永远

是诗歌的拐杖，她会陪伴你

到生命的终结，她会陪伴你

天长地久，地老天荒

诗歌是一个人的脸庞

她会让一个人的容颜

更洁净，更纯洁，更阳光

让人和人的关系

在阳光下晾晒

让人和人的内心

经受岁月的考量和盘问

诗歌在修炼我们的容颜

更在时时刻刻雕琢着

我们的内心，我们的心灵

感谢诗歌，让我们

看到日出，看到光芒

看到未来，看到希望

感谢诗歌

伴我们一路成长

给了我们温馨，给了我们甜蜜

给了我们苦口婆心

给了我们无法用天平衡量的

关爱和抚慰

感谢诗歌，让我们

在前进的道上，一路前行

没有摇旗呐喊

没有鲜花掌声

在沉默中生长出

内心巨大的幸福和力量

在默默前行中

坚守着向往

总有一天，会走到天亮

总有一天，会看到人间仙境

总有一天，在前行中

孕育出，山花烂漫

绽放出，万紫千红

生命的长短句

生命的长短句

长长短短的句子

如一条条长长短短的虫子

使劲地侵吞着我的身体

慢慢品尝着我生命的琼浆

生命的长短句，我愿用生命

来与你交换，用宝贵的生命

来换取你的灵感，你的精髓

来换取你的无可替代，来换取

你的光彩照人，天长地久

长长短短的句子

如一条条小小的蚯蚓

爬满了我的额头

骚弄着我的全身

让我奇痒难忍

可我就是战胜不了自己

愿意在这种状态下生存

生命的长短句，人生的长短句

与我陪伴，与我爱恋

是那样难舍难分，藕断丝连

是那样让人心碎，昼夜相伴

长短句中包裹着喜怒哀乐

长短句中寄托着所思所想

在长短句中长大成熟，历练提高

在长短句中体味人间百态

在长短句中抒发壮志情怀

长短句，是我生命存在的状态

是我人生的理想与追求

是我精神的愉悦和崇高

长短句，让生命闪耀着亮光

长短句，让充实在忙碌中生长

在长短句中过滤着自私和丑陋

在长短句中净化着污浊和肮脏

在长短句中探寻着生命的真谛

在长短句中思索着人生的价值

在长短句中高举无私奉献的大旗

在长短句中崇尚真理寻求光明

在长短句中描述社会人生百态

在长短句中增强使命责任担当

长短句，是一种文体形式

是一种生命运行轨迹

在长短句的海洋中任意遨游

在捡拾一枚枚精致小贝壳中

重塑自信的光芒和力量

长短句，是我永远的痴迷和向往

长短句，是我生命的追寻和方向

在长短句中重拾初心和梦想

在长短句中让生命闪耀飞扬

用纯洁心灵润泽诗歌

诗歌，天性纯洁高尚

有什么样的心

就会孕育出

什么样的诗歌

为了让我的诗歌冰清玉洁

我婉拒了所有的虚情假意

我谢绝了所有的吃喝宴请

我之所以这样做

就是想让我写的诗歌

干干净净，洁白无瑕

在诗歌里透露纯朴

散发出简单清香

也许我的诗歌

并不那么耐人寻味

但字里行间

能折射出钢铁般的骨气

有什么样的心灵

有什么样的心境

就会孕育什么样的诗歌

我不想让诗歌成为金钱的俘虏

也不想让诗歌成为交易的筹码

更不想让诗歌成为内心的无奈

我希望我的诗歌，能够永远

光明正大，坦坦荡荡

用最通俗易懂的文字

把人间真情尽情歌颂

让真善美的旗帜

迎风飘荡在社会每一个角落

不但要写花草，更要把

社会的责任，使命的担当

默记在心头，润泽在笔端

诗歌，我将如何对你说

诗歌啊，在几年前的今天

我就一下子爱上了你

从此一发不可收拾

再也不能自拔，不想自拔

如果说诗歌是一个泥潭

我愿永远滚入泥潭

和泥潭混合聚结在一起

在哪里都是生活

为何不以这种方式

让生命绽放异彩

我至亲至敬的诗歌，啊

我爱你整整四年有余

我搭上了时光，搭上了健康

搭上了形象，搭上了能够

搭上的一切，虽然我对你

永远情深似海，情真意切

可时至今日，还是没有

看到希望的曙光

现在的我，几乎一无所有

对此，我向来无怨无悔

有时候想，人生来

就是来受苦的，只是每个人

所受的苦，有所不同罢了

既然这个苦非受不可

那我又何必挑肥拣瘦

把自己就交给长短句吧

多少个春夏秋冬

多少个不眠之夜

我经常夜半三更，在灵感的

点燃催促下，奋笔疾书

睡意全无，我睡不着

也不想睡着，我起步太晚

我对诗歌有愧，常常熬夜

我也欠着瞌睡的账

认真想一想，细细观察

哪个人不是负重前行

不想对生活伪装

也不想辜负生命的青睐

我就得和命运摸爬滚打

我就得把生活热烈拥抱

无论遇到任何困难

我认为，眼前的一切

都是命运的最好安排

都是上苍的自然赏赐

灵感去哪儿了

曾经如火花迸溅的灵感

你到底去哪儿了

我满大街把你寻找

却始终不见你的踪影

你故意离我远去

是因为我的薄情寡义

对你的怠慢，对你的疏忽

而让你也可能近在咫尺

却总也不愿出来相见

都是我的过错，都是我的薄情

我整天忙于推杯换盏

我整天忙于想入非非

总也不能让一颗浮躁的心

得到些许的宁静

得到暂时的清冷

我深深地知道，深深地理解

你讨厌热闹，不喜欢整日忙碌

忙碌得已经触摸不到真实的自我

在这夜静人稀的夜晚

在这只有昏暗灯光陪伴的夜晚

我怀着一颗赤诚之心

总想将你拉回，总想让你靠近

总想一展往昔灵感迸发的辉煌

总想让灵感的喷泉

像往昔那样不断跳跃，使劲喷薄

也许这一天很快就会到来

也许这一刻正在徐徐走来

我一定要耐着性子

我一定要用最赤诚的忠心

迎接灵感的回归，灵感的到来

毕竟我们已经是老朋友了

既然是老朋友，就很难忘记

在一起的喜笑颜开，相濡以沫

在一起的滴滴汗水，奋斗旗帜

是啊，是老朋友了

都有老感情了，你真忍心

这么长时间离我而去吗

在我们俩一起激情澎湃的日子里

天气再热，热不过我对你的热情

工作再忙，就是挤出时间

也要将你深藏心底，忘情展示

你似一面生命的旗帜

一直将我不懈召唤

你似一面隆隆作响的战鼓

声声撞击着我的心扉

无论我身处哪里，都把你这位

老朋友，挂在心上，牵在心里

灵感喜欢勤奋的人

灵感是对勤奋的赏赐和奖励

灵感喜欢思考的人

思考会将灵感的导火索引爆

灵感喜欢苦难的人

经历过苦难的人，才更懂得感恩

灵感喜欢持之以恒的人

长时间的热爱，再冰冷的女神

都会被你慢慢融化，直至

心甘情愿委身于你，与你百年好合

啊，我的灵感女神

谁人不喜欢灵感迸发

谁人又能耐你何

没有灵感的启迪迸发

任何一篇文字都会因你

缺乏生命的张力

缺少鲜活的风采

灵感永远钟情于愿意为她

赴汤蹈火，执着前往的人

她永远不会也不愿辜负

内心始终忠诚于她的人

她一直在感知着一切

她一直都在将灵感的喷泉

随时打开，只打开给

为她痴情的人，只打开给

永远为她忠心耿耿的人

心中只有诗歌

心中只有诗歌

那就尽情写吧

素材布满四周

随手就可捡拾

何必矫揉造作

何必煞费苦心

何必苦思冥想

灵感泉涌之际

一切皆可信手拈来

诗歌，是心灵的写照

诗歌，是生活的提炼

诗歌，是命运的历练

诗歌，是我手写我心

诗歌，是一种高度自发的果敢

诗歌，是一种灵魂深处的叩问

诗歌，是对天地万物的考量探询

我怎么可以做个懒汉

过庸庸碌碌的生活

是大雁就要高飞

翱翔天空，领略大自然

是鲲鹏就要展翅

让大自然的风光尽收眼底

没有那么多的借口

也无须那么多的理由

放眼望去，哪个人

不是负重前行，疲于奔命

也许这就是生活

生活的艰苦，命运的艰辛

也许会换来良心的充实

也许能让一天辛苦奔波

睡个好觉，得到释放

劳累是一种宿命

更是一种自觉

如果一个人

把劳累视为一种幸福

那也是一种发自内心的幸福

诗歌，没有什么不好

它陪伴我，安慰我

鼓励我，给我自信和阳光

让我享受到苦尽甘来的甜蜜

让我能够捡拾到物质以外的

赞赏欣喜和敬佩，这已足够

试问，有多少人能让人

发自内心的敬佩仰望

唯有你的才学，你的美德

你的品质，你散发着

巨大光芒的内在素养

物质的丰盈，可以让人敬佩

可以让人信服，可以让人艳羡

但绝对无法让人敬仰

无法让人发自内心地仰视

这就是文化的魅力

这就是信仰的力量

这就是精神的至高无上

这就是追求的我将无我

我为什么要写诗歌

写下这个题目

我有一种感动

也有一丝悲凉

这个选择，究竟是否正确

似乎很难说清

不是我对选择不坚定

只是感觉胸口隐隐作痛

整整三年，在这条路上

乐此不疲，奋力奔跑

因为我始终感到前方

有一只巨大的火球

在吸引着我，在催促着我

我不得不前行，我不能不前行

有时候，孤独寂寞时

夜深人静时，我一直在问自己

选择写诗歌，值吗

另一个我，也开始发问

你不写诗歌，还能干什么

我就在这种摇摆不定中

拿出了最初的稚嫩之作

既是写给别人，更多的是

写给自己，在写作实践中

慢慢整理了思想，自律也更加

增强，充实也把我填得满满

我在知足满意中收获了第一桶金

我饮下了自己酿造的第一杯琼浆

我醉倒在自己取得短暂胜利的

喜悦中，狂欢中，麻醉中

整整三年了，我把诗歌比喻成

我的孩子，我孕育的生命

社会给予了我很多，而我却没有

给社会留下一星半点的财富

既然社会给了我很多，既然社会

让我享拥现时的一切，我不能

那么自私，既然我没有给社会

留下可以盘点的其他财富

那就把现在正在写的诗歌写好

也许水平有限，但我也要把

全身的劲鼓饱，鼓到脸红脖子粗

鼓到我喘不过气来，都快憋闷

窒息了，我还在为写诗歌

全力以赴，聚精会神，竭尽全力

整整三年了，当别人下班了

我才开始整装待发，身居一室的

自己，完全一个人说了算

我把门关得死死的，不想让

任何人打扰，我把自己完全

封闭起来，暂时进入了一个与

外界失去联系的空间，有时在

写作时，不想有任何分心走神

就把电话调成静音，有时也会因

写作，未接到工作电话或友情电话

再三解释一番，总算把清静又

请回了原处，独享着清静的恩赐

三年多的时间里，我在下班后

挑灯夜战，在双休日闭门思过

无数个夜晚，当夜深人静时

灵感悄悄来临，我披衣

下床，赶快迎接，总怕自己行动得

迟缓，让这位难得请动的老朋友

瞬间丢下我不管，虽然老朋友

无数次让我奋笔疾书，灵感闪现

没有灵感一切都无从做起，灵感

催促着我一次又一次不断攀升

向更高的目标前行，也许是我的

恒心和执着，把灵感感动，它一次

又一次，让我飞腾，让我升华

这几年了，我的性格慢慢发生变化

爱说爱笑的自己，喜欢热闹的自己

喜欢交往交流的自己，逐渐变得

沉默寡言，逐渐喜欢一个人独自

走走，想了很多，思考了很多

沉淀了很多，明白了很多，清醒了

很多，成熟了很多，我找到了另一个

自己，我紧紧抓住不放，我害怕
失去现在的自己，我再也不想要
先前的自己，我想让现在的自己
把路走得更稳，把路走得更好

几年来，我常常与孤独寂寞为伴
我不得不与孤独寂寞为伴，孤独
寂寞是诗歌生长肥沃的土壤
虽然诗歌需要激情，需要灵性
但每次写作我都必须全力以赴
我都必须聚精会神，水平本就
有限，如果态度还不端正，怎么
对得起此时正在阅读作品的您

在写作中，孤独寂寞常常与我
相伴，有句话说得好，你选择了
某种职业，你就选择了某种生活
这种生活需要我做出牺牲，需要
我与以前与它不相融的爱好，勇敢
说声再见，果敢地一刀两断，我就
得忍痛割爱，没有什么的，你有

两只手，不可能什么都想拿，那将

什么也不会得到，我不想一事无成

也不想什么都没有，既然做出了

最后的选择，就只有一个胡同

走到底，哪怕是死胡同也认了

我把诗歌常常比喻成我的孩子

几乎每一个新生命的诞生，都是在

孤独寂寞中孕育而成，我为我

孕育出的新生命，笑过哭过，我为我

无数个新生命的诞生，奔波劳累

但我的心里像开满了满山遍野的

鲜花，我为新生命的诞生欢呼雀跃

我为新生命的诞生吐露芬芳

得意忘形，天底下有哪一个父母

不喜欢自己的孩子，又有哪一个

父母会认为自己的孩子不够优秀

在父母的眼里心里，子女永远

都是父母精心雕刻的巅峰之作，因为

这件万世佳作，倾注着父母的

全部心血，因为这件无可替代的

珍品，是父母用生命孕育而成

我写诗歌，并不是想多么

表现自己，也许会有一小点

虚荣，也想得到别人的鼓励和

赞扬，但我更多地想通过诗歌

对内心有一种交代，对初心有

一种偿还，长时间在外游走，早就

该回到这条路上来了，今日回家

也只能算是一个迟到的游子

人总会有梦想，特别是小时候的

梦想，说什么都不可以辜负

不可以相忘，初心一直生长在

我们心里最脆弱的地方，一直在

等待着你的呼唤，你的爱恋

一直忙碌的你，可曾想到初心一直

在为你守候，在为你期盼到天亮

我写诗歌，一直在为圆我小时候的

梦想，一直以来对写作情有独钟

只有在写作时，才真正触摸到

真实的自己，一直想为自己的梦想

好好活一场，不想让当初的愿望

在忙碌奔波中渐渐消亡，不知道

这么多年重拾的梦想，是否还会

开花结果，是否还愿意一起和我共度

时光，是在挽救，是在恕罪，是在

忏悔，或者是在声嘶力竭地唤醒

我写诗歌，是想选择一种为人民

为社会，更好的服务方式，除了

写作诗歌，不知道还会有什么

比这种更好的服务方式，多年来

更多的是社会的给予，人民的抚养

社会给予我很多很多，我很知足

我现在能平心静气，全力以赴

全神贯注地忘情写作，都是社会的

给予，人民的馈赠，我怎能忘了

脚下的热土，怎能忘了滚滚向前的

时代洪流，怎能忘记蒸蒸日上的

新时代新面貌，怎能忘记亲人的

培养关心和爱护

我常常深深地被眼前这一幅幅画面

被这一幕幕感人肺腑，催人泪下的

场景，所感染所打动，我要写

写出我内心与时代的呼吸，写出

我心中与人民的水乳交融，总是

有着满腔热血需要倾诉，总是

泪眼婆娑中心存感动，能不写吗

能不写好吗？如果我做不到这些

心中始终感到愧疚

生活在这样一个伟大的时代

怎能不为之感动，祖国正在

日新月异飞速向前发展，政通人和

国富民强，人民安居乐业，面对

这样的盛世，面对这样的国富民强

怎会无动于衷，我深深地深深地

热爱着我可亲可敬可爱的祖国

就像热爱我最亲最敬最爱的父母

父母给了我肉体，祖国

却让我从小到大，沐浴着阳光雨露

走向成熟，不断成长壮大

我在祖国的怀抱里无比幸福

无比骄傲，上下五千年，悠久的

历史，让每一个炎黄子孙，肃然起敬

世界上虽然有很多名山大川，但我

最爱的还是滚滚奔流，日夜不息的

黄河，我还是最爱鱼米满仓滋润着

华夏儿女的滔滔长江，世界的景色

再美，它们有黄河长江吗？它们

有黄山泰山吗？每想到这些，我的

心中就会有万丈高山需要搬动

我的心中就会有万里海疆需要跨越

我的心中就会有力拔山兮气盖世的

热血在奔涌，我的心中就会有万颗星星

在心头攒动，我能不写吗

我之所以想写诗歌，就是不想辜负

宝贵的生命，没办法辜负，也不能辜负

生命对我们对任何人，永远都只是

宝贵的一次，我们没有辜负的理由

和资格，因为你的生命，不仅仅属于你
更不仅仅属于父母，它更属于社会
即便你千珍惜万留恋
在人生长河中，依然如流星闪烁
何其短暂，何其易逝，我们敢
浪费吗？我们有浪费的理由
和资格吗？既然没有，倍加珍惜
就成为无法选择的选择

在伟大的生命面前，我们总得
给生命以交代，给生命以解释
我写诗歌，就想给生命一种
更好的合理的存在方式，就想让
生命在流逝中能自觉地遵从内心
也想让生命的火光燃烧得更亮
让这束火光永远与时代同行，也想
让这束火光，在祖国大家庭中
能给我爱的人，爱我的人，带去
温暖，带去光亮，虽然可能不是
最亮最温暖，但我愿倾其所有
用生命之火照亮你每天前行的脚步
用心灵之火时时映照你最美的脸庞

能写的时候，尽情写吧

写作是一种激情

想写的时候，尽情而为

再喜欢写的人

也总有写不动的那一天

或者说

也总有不想写的那一天

能写是一种幸福

这就似春蚕吐丝

吸收了许多营养

到最后总要给社会

有所贡献，有所回报

也许贡献微不足道

但总比没有好

并不是任何人

都能做到这一点

有时，无意产生很多灵感

创作出满意的诗篇

这也算上天的眷顾

心存感谢才对

也许仅就这一点点产出

就是每天活着的真正价值

就是今天与昨天的根本区别吧

写作是一件很有意义的事情

充满了无穷热爱

最起码，它给了我充实

给了我自律，给了我自信

这是在他处所找寻不到的

不妨这样想想，对我来说

大好时间，不写作又能干些什么

任由生命这样

浑浑噩噩，碌碌无为吗

到最后只会留下痛苦

留下悲伤，留下悔恨

能写的时候，就尽量多写吧

这完全是一种情绪

是一种激情，是一种热情

干啥都一样，为何一定要

选择那些无聊且无意义的事情呢

虽然每个人都活在自我认知里

认知到了一定程度

是无法改变的

让一切顺其自然吧

毕竟已经觉醒，再继续装聋作哑

又有多大意义

不辜负今生，勇敢去写吧

生命在哪里都是消耗

生命在哪里都是燃烧

在哪里都是一如既往向前走

人生有那么多的美好时光

你愿意把它交给无聊乏味吗

如果真要那样做

谁也拿你没办法，只可惜

永远无法欺骗内心

痴迷写作，有时

也是对人生最好的珍惜

这种状态

能最大限度拓宽生命的张力

能让有限生命绽放别样光彩

认准了路，就勇敢前行吧

无论做任何事情

无须有太多的人在乎

去坚定地遵循自己的内心吧

热爱写作吧

无论干什么

都要专心致志

一旦目标确定

就要努力向前

不去试一试

怎么就知道

自己不是那块料呢

试一试

没有什么不好

经过一试

万一成功了

岂不让你我的人生

少一万次遗憾

热爱写作吧

写作是苦难者的专属

因为你苦难

无法拒绝苦难的赏赐

写作是苦难的孪生兄弟

他们爱与被爱，今生永远

相依为命，永不分离

热爱写作吧

他是笨人的专属

他是傻子的天堂

无论天下人如何看我

都已不重要

也许写作这种姿势

就是我活下去的

最好状态，最好归宿

热爱写作吧

写作也许没有让你走向富裕

写作也许没有让你享受甘甜

但写作却给了我崇高的思想

给了我战胜困难的无穷勇气

给了我精神的丰盈和富有

给了我自律的守诺和坚韧

所以说，在这个世界上

是父母给了我肉体

而写作，却让我的精神世界

无穷宽广，无穷博大

感谢写作，让我无怨无悔

把快似流星的生命

托付给你，你拯救了我的灵魂

我把对你的热爱，写在

每一个黎明黄昏，写在

每一个春夏秋冬，雨雪风霜

写在闪耀着生命金光的

每一页春秋，每一杯琼浆

灵感来了，一口气写到底

心里憋着一口气

任何文章

都是人们气血的外露

都是人们性格的使然

都是挑战者对烈马的驯服

不相信我就写不出

不相信我就写不成

不相信我就写不好

能进行到底

能写到最后收笔

全凭的是内心一口气

我绝不服气

我绝不向现实低头

我要扼住现实的喉咙

而绝不会有丝毫的动摇

因为我不服输

因为我不甘心

因为我拿命运做赌注

再也输不起

我们为什么要向现实低头

生命从来都只有一次

为什么要活得窝里窝囊

为什么要强装欢颜

内心却像刀割斧劈

人们啊，在现实的旋涡里

我们奋力扑打

我们绝不松手

就是想活得扬眉吐气

再也不想委曲求全

再也不想暗无天日

苦日子可以过

但不能永无休止，没完没了

一个正常人，一定有正常人

想有的日子，想过的日子

日子是活给别人看的

日子更是活给内心的

可是大多数时候

现实和内心，外表和内在

一直在经历一场拉锯战

一直在猛力撕扯

日子还得往前走

人生的日历还得往后翻

不想输给现实

不想再做奴隶

那就勇敢地直立起来

不但要直立起你坚挺的脊梁骨

还要让内心正气十足，威猛无敌

灵感来了，就一口气写到底

诗人的桂冠

诗人的桂冠

应该由生活来颁发

生活，是一切灵感的源泉

离开生活，一切皆为

无源之水，无本之木

生活，给予诗人最高奖赏

生活，点燃诗人心中希望

生活，让诗人无上荣光

生活，让诗人热血沸腾

生活，让诗人灵感迸发

生活，让诗人体味苦乐甘甜

诗人的桂冠

应该由人民来颁发

人民，永远是社会的主体

人民，是诗人咏诵的对象

人民的汪洋大海

让诗人的灵感尽情畅游

人民的蔚蓝天空

让诗人羽翼飞得更高更远

诗人在人民中茁壮成长

诗人在人民中灵感绽放

人民是诗人讴歌的对象

诗人把人民永记心上

诗人的桂冠

应该由良心来颁发

良心，最不会矫揉造作

良心，最不会欺骗内心

良心，映射着道德情操

良心，蕴藏着人格修养

诗人的良心

包裹着对人间浓浓的爱

诗人的良心

寄托着对人民深深的情

良心让诗人匡扶正义

良心让诗人为民请命

诗人的桂冠

应该由公正来颁发

公正，是天地良心

公正，是最高戒律

公正，让诗人浑身正气

公正，让良心不偏不倚

公正，让诗人担当使命

公正，让诗人尊重客观

公正，让作品流传永久

公正，让历史接受挑选

诗人的桂冠

应该让无我来颁发

无我，是做人的最高境界

我将无我，格局和境界

令人仰止，令人感动

无我，心怀天下，心系人民

无我，才会让自私无处可寻

创作，是一种激情

更是一种境界

无我，是对社会深深的爱

无我，是对人民无限的情

诗作中注入了无我

天空也会为你感动

每天就想交一篇作文

每天就想交一篇作文

这篇作文可能很短

但无论长短

都是我的内心话

都是我的真情实感

这篇作文是写给自己的

因此写起来如行云流水

信手拈来，不带有任何

矫揉造作，不带有丝毫

牵强附会，如果写给自己

都缺乏真情实意

真不知道生活中还有

多少虚假需要隐藏

每天就想交一篇作文

这是自发自觉自愿的

没有任何人逼迫你

也没有任何人要求你

只是一种习惯

每当走到家门口

没有交一篇这样的作文

就好像今天有一件事

没有落实，心里总会不甘

把这篇作文交了

心灵如释重负

良心也好受许多

有很多事是做给别人的

而唯独睡觉前的这篇作文

是交给自己的

交给了内心，交给了良心

交给了心安理得

交给了心平气静

每天就想交一篇作文

可以是日记，可以是感想

可以是体会，可以是感悟

可以是启迪，可以是省悟

睡觉前的一篇篇作文

校正着我的人生

沉淀着我的思想

让我一天天强大，走向成熟

让我一天天历练，走向稳重

每天就想交一篇作文

这是我由来已久的习惯

就这样一直坚持，坚持

在持之以恒的土壤里

生长着坚毅，顽强，不屈不挠

在千锤百炼的熔炉里

锻铸着心智的光芒

铸造出耕耘的犁铧

灵感闪现的瞬间

灵感闪现的瞬间

请你千万要紧紧地抓牢

因为它很矫情

也有些任性

一不小心，稍纵即逝

它很快就会找不到

灵感闪现的瞬间

请你赶快放下手中一切

尽快投入战斗

因为它停留时间太短

一不小心，就会悄悄溜掉

灵感闪现的瞬间

说什么都要牢牢抓住

过了这个村

就再也找寻不到这个店了

真难以相信

灵感似乎在和我捉迷藏

闪现的瞬间

它就会跑得无影无踪

灵感闪现的瞬间

让我幸福得不得了

我庆幸灵感再一次光临

我拿出家中的传家宝

让它欣赏，让它把玩

我在厨房忙着为它准备美味佳肴

我拿出家中珍藏多年的

陈年老窖，准备让它喝个饱

灵感闪现的瞬间

饥肠辘辘，全然不顾

深更半夜，奋笔疾书

电话响起，战鼓擂动

瞬间让我全神贯注

瞬间让我雷霆万顷

灵感闪现的瞬间

思想的跳跃似万马奔腾

想象的大雁要飞出苍穹

双手赶不上心灵的奔跑

偌大的天空仿佛只有你一个

我很感谢灵感

一次又一次地到访

每次它来，都让我满载而归

我很感恩灵感

一次又一次地不辞辛劳

没有它的引爆撞击

新生命的诞生，将很难

我庆幸，选择了沉默的诗歌

在二〇二〇年年初

疫情突袭的节骨眼上

居家隔离，有大段时间

供我支配，任我发挥

这是一块肥沃的土壤

可以种植充实和阳光

也可以种植懒惰和惆怅

我不想就此让它随意流淌

几经三思，我打算向着

诗歌的怀抱，献上我的微笑

种植这块神圣的田地

我并没有打算有太多的奢望

最多证明我曾经光顾过

就已经无怨无悔

当初，可以有很多选择

可以选择长跑

把身体练得棒棒的

全身充满活力和干劲

让精气神散发在周围

聚集起强身健体的热潮

可以选择曲艺

在并不熟练的快板基础上

每天练习，熟能生巧

经过一番刻苦磨炼

也许会让人们在欢声笑语中

收获快乐，传播友谊

可以选择演讲

在厚积薄发中闪耀灵性

在抑扬顿挫中欣赏

语言的精练，艺术的魅力

在掌声中赢得自信和光芒

这一系列的选择

我都没有做，我选择了

沉默的诗歌，并且认准了

一干就是两年，我没有

开小差，也没有左顾右盼

我一直埋头向前

我不想攀比，也不想对比

其实每条路都有苦有甜

既然穿上了铠甲，你就是

一名勇士，除了战场上

一决高下，你是否还有

太多的退路和彷徨

在两年多的日日夜夜

我与诗歌相亲相爱

相濡以沫，彼此忠诚

耗费了大量体力精力

在贫瘠的土壤里，渐渐

冒出了稚嫩的希望

幼苗虽小，但它却是生命

火光微弱，但它也在燃烧

我不想让诗歌成为金缕玉衣

成为发家致富的捷径

我不想让诗歌戴上名利的镣铐

拖着沉重的步伐，走出

心不甘情不愿的跬步

诗歌很沉默，如同我的内心

在沉默的下面，隐藏着

耀眼熊熊燃烧的火光

不是不想冲天一吼

而是蓄积的力量还很不够

诗歌永远充满着浪漫快乐

它让诗意的光芒照彻心灵

它让诗意的芬芳润泽万物

它不说话，生命却亘古永久

它不言语，沉默却一柱擎天

第七辑

如何
切好
生命的
蛋糕

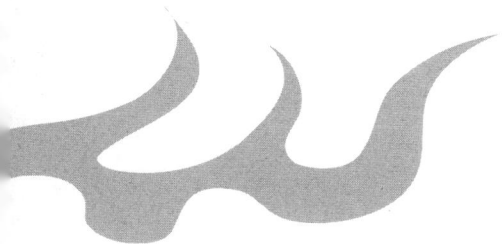

活出生命的味道

面对图书馆

悄悄许下我心中的诺言

在这个世界上

唯一能证明我活着的

就是写作，不断地写作

永远地写作，持续地写作

只有忘情地写作

才能有力地证明

我活着，我还是个活物

不是你在呼吸

就能证明你活着

活着与活着有着很大不同

活着与活着也有着

异乎寻常的迥异

要有质量地活着

就得给生命赋予

一种独特的生存方式

再三说过，写作并不是

高人一等，只是我实在

找不出，能比这样活着

更有意思，更有意义的

存在方式，好像这种方式

是唯一的，不可替代的

对生命的理解，对生活的探寻

全部寄托在写作中，外面的世界

很冷漠，很孤独，很无助

我只有与写作牢牢结伴

才能抓住生命的稻草

无论别人怎么嘲笑，怎么误解

这一切都不很重要，重要的是

能让我全身心地爱着，痴迷着

奋斗着，疯狂着，这也就够了

我还会有什么过高的要求吗

没有了，感觉到走出内心世界

外面一切都很假，很虚无

很缥缈，为什么一定要戴着

面具生活，把原本美好甜蜜

幸福的生活，这样涂抹得

一团糟，一点都认不出来

失去了生活的原貌和本真

我就一直这样写着，证明着

自身生命的轨迹和存在

不去阅读实体书了，要读就去

读生活，用心用意去读

读出生活的全貌，读出生活的

滋味，读出生命的真谛

读出对人生的无比热爱

我深深地爱着这个世界

爱着这个社会，爱着自然界的

一切，每天遇到的人，遇见的事

都曾那样令我难忘，令我

刻骨铭心，我不想苟延残喘地

活着，我想高举生命的大旗

风风光光，坦坦荡荡地活着

活得扬眉吐气，活得谈笑风生

写作可以证明我活着，一直在

证明着，永远在证明着

活着是为了写作，写作是为了

更好地活着，这种方式已经习惯

那就温水煮青蛙吧，一头扎到底

一条道走到黑，是一种美丽

是一种执着，是一种对生命的

万般珍惜，也是对人生的

永久挑战，对生命的果敢搏斗

不完美，才是人生常态

万事只求半称心

不是不想全称心

那是因为全称心做不到

全称心也许就不存在

所以，不完美

才是人生的常态

现实很公平

上苍也很公平

给你一些优点

也会相应给你一些不足

哪有十全十美

十全十美，也许是愿望

也许是我们奋力追求的渺茫

不完美，生活的常态

生活本身就是

柴米油盐酱醋茶

充满了酸甜苦辣

只有一种颜色，未免太单调

只有一种味道，未免有缺失

不完美，生活的常态

生活的主色调，在不完美中

总结生活的甘甜，体验生活的

真谛，满足生活的芬芳

不完美，让我们懂得知足

让我们学会止步，珍惜拥有

不完美，让我们学会辩证思考

让我们学会理智对待，让我们

看到自身的长处和优势

让我们深深理解了他人的艰辛

理解了他人的不易，让我们

用生活中的镜子，时时检点自我

在不完美中，追求完美

在不完美中，追求卓越

在不完美中，创造人生辉煌

探寻生命的真谛

我要勤奋地写作

最终是为了心中的充实

我努力挣钱

幻想着一夜暴富

最终目的也就是

想排除外界一切干扰

一心去写作

在写作中触摸自己

在忘我创作中

忘却尘世的一切喧嚣与狰狞

我是为写作而生

并未有人这样为我定义

只是在实践中感觉自己

好像是那块料，于是

就不顾一切向这个目标奔跑

不想再看别的目标

也不想再瞻前顾后

人生没有那么多时间精力

把能够做好的

做得尽善尽美

做得无人匹敌，独一无二

这样就会无愧生命

这样就会无愧人生

不想活在人云亦云中

不想活在苟延残喘中

不想活在行尸走肉中

短暂地麻醉自己，看似解脱

看似放松，其实只是一场

迟早都会醒来的温柔梦

醒来后，依然要睁眼看世界

依然要周而复始，循环往复

做着日复一日，年复一年的

永不变更的事情

每天在地球上来来往往

总得给生命涂一点颜色

总得给人生留一点记忆

总得在人前人后留点回味

留点谈资，否则你还能

给后世留下些什么

总是会不由自主地思考

生命的意义，生命的价值

生命的真谛，生命的精髓

总想避开这些话题，越想避开

就越避不开，这是我们

行走每一个黎明黄昏

首要的一件事情，绝不是

高大上，无论别人怎么议论

坚定地走自己的路，坚定地

走下去，永远地走下去

如何切好生命的蛋糕

人与人的交往交流，说到底

就是对彼此时间的分割共享

能把最为宝贵的时间

分享给身边每一个人

就是最大的大方，最贵的礼物

因为能与时间等量齐观的

唯有让人为之永远敬仰的生命

翻遍世界上所有的书籍，人们

吟诵最多的唯有时间，生命

和真情，在有限的生命里

我们给予一个人时间，就如同

我们每天把生命的蛋糕，切下来

一块一块，与身边亲近的人

细细品尝，慢慢咀嚼

细观人生，我们把如同生命般

宝贵的时间，给了父母，给了

孩子，给了工作，给了朋友

给了健康，给了快乐，给了

随心所欲，给了爱我所爱

时间是有限的，生命的蛋糕

也依然有限，生命的蛋糕会

被时光愈切愈小，愈切愈小

是啊，生命的蛋糕，我们每天

都在切，每时都在切，这一刀刀

下去，鲜活的生命就种在了

光阴里，种在了岁月里，种在了

思想里，种在了得失感悟里

在对生命的切割中，我盘点着

昨日，正视着今日，憧憬着明日

每天，都有一块刚刚出炉

冒着腾腾热气的鲜嫩蛋糕，这个

蛋糕由二十四片人参组合而成

对每个人都很均等，都很公平

如何每天切好生命的蛋糕

在你一刀又一刀，无数的瞬间

是观念，是智慧，是格局

是境界，是当前的现实，是这

一切的会合和全部

每一个人切法不一致，所切大小

都不一致，在无数个小单元

种下了，我们对生活的热爱

和执着，对岁月的敬仰和爱恋

每一次切割我们都须慎重，每天

的蛋糕就这么一块，永远不可以

重切，而且一旦失去，永远无法失而

复得，切割的态度，就是对生命

的态度，就是对生命的最高敬仰

不相信

不相信

就到达不了

理想的彼岸

不相信

所有成功

都只是幸运儿的专属

不相信

人生下来

就注定了前程似锦

不相信

别人能做到

我们为什么就做不到

不相信

成为挑战的自信

成为敢于破冰的冲锋号

成为敢于亮剑的勇敢出鞘

成为敢于打破常规的卫星

在不相信中种植奇迹

在不相信中开拓希望

在不相信中崭露锋芒

在不相信中超越自我

在不相信中挑战人生

不相信，让我们

质疑命运的不公

不相信，让我们

放开手脚，破除阻挠

不相信，让我们成为

敢于第一个吃螃蟹的英雄

不想迷失自己

所在的城市

是一座极为休闲的居所

全城上下，能看见的

都在尽情享受着

休闲的美，悠闲的福

我好像一位星外来客

与大众格格不入

生活之路

并没有好与不好

生活方式

全部由自己决定

不想入群

想过自己独有的生活

于是，我站在岸边

观看着台上一切

也欣赏着台下一切

茶楼里谈笑风生，麻将声声

街头巷尾，啤酒烧烤

把夜生活点缀得五颜六色

他们高兴，他们畅快

每个人都以自我认知

把每天均等的二十四小时

花在了不同的地方

种在了不同的土壤

长出了不一样的庄稼

收获着不一样的心情

在这样一种大环境下

我像一个小偷

静悄悄生活

我像一个外来户

默默无闻

热闹的是本地人

我不发言，也不评头论足

以离奇古怪的方式

把自己那略带神经质的

一亩三分地，耕耘播种

默默地向前走

究竟我是明白人

还是大家都犯糊涂

我不是这里的主人

我能做的

就是不被这个旋涡打翻

无论怎么说，做自己

就算做得再不成功

最起码，也是你自己

能找到原型和毛坯

总比违心地做一个

人云亦云，不再是自己

要好很多倍

因为不想迷失

因为不想同流

所以在旋涡里打斗

也许会更坚强

更出色，更非同寻常

吃苦，也是一种命

我不怕冻，更不怕冷

因为我是吃苦的命

无论是不是这种命

我都认了

既然是这种命

哪里最苦，就往哪里奔

哪里最累，就往哪里冲

苦是我存在的唯一理由

苦是我成长的最好环境

我不敢到贪图享受

那种环境里去

去了那里，生命就会枯萎

我接受不了贪图享乐的顺境

那样的顺境，会麻木我

还不怎么样坚强的灵魂

我需要到冰天雪地里

去锤炼，去敲打，去磨砺

享福未必是好事

因为那样的生活

经不起回忆，也经不起回味

在极限吃苦中

把人生的滋润尽情体验

在无限的烦恼痛苦中

挖掘人生命运的真经

我不怕苦，苦是我今生

唯一养分，愈是艰苦

愈发会让人生焕发出勃勃生机

安逸享乐，顺利成功

这是多少人梦寐以求的美事

可惜我唾弃，我鄙视

仿佛我不是一个正常人

但我一直以为

做这样一个人也没有什么不好

我在痛苦与烦恼中

把自己使劲摔打

我在忧伤与苦闷中

接受良心的审判与煎熬

过惯了苦日子的人

是见不得好日子的

就像一个专门吃苦的人

你却让他享福，让他甜蜜

他就会度日如年，如坐针毡

在苦日子中接受灵魂的洗礼

在苦日子中熬制成功的烈酒

在苦日子中让命运跌宕起伏

在苦日子中让人生熠熠生辉

苦尽不一定甘来

这是我的夙愿，这是我的追求

因此我把吃苦受累

作为我分秒必争的追求

让我在吃苦中永远燃烧自己吧

让我在吃苦中彰显人生的个性

感谢给我折磨的人

亲爱的朋友们，啊

看到这个标题，你一定

很惊讶，给我折磨的人

我为什么要感谢啊

其实，仔细想想

我们的人生之路，哪一步

不是因为这么多

给我们折磨的人，而改写

人生的道路有千万条

为什么今天走上了这样一条

这条道路，可能让你很满意

也可能让你很苦恼，无论

是哪一种情况，都是前世所遇

都是自然馈赠，尊重客观

尊重事实，因为后悔从没有用

感谢给我折磨的人

给我折磨，也许并不是

他们的本意，世上哪有

那么多的坏人，有时候

他们并没有那样去想

事情慢慢发展，就演变成了

现在的这般模样

给我折磨的人，某种程度上

堪称是我的恩人，如果

没有当初这一切不顺

这一切磨炼，这一切忧愁苦闷

也许不会成为今天的我

正是因为有了无数个折磨

才成就了今天强大的你

才磨砺出今天不同寻常的你

从这点来说，有时候

看似不好的事，思路一变

一切都会变得柳暗花明

豁然开朗，为什么要恨

昨天的一切，为什么要恨所有的

遇见，遇见是天意，遇见很美

人生自从有了吃亏上当

才让我们睁大双眼

更加走向成熟

奇迹是折磨出来的

痛苦可以让人变得更强大

吃苦也会让人更加坚强自律

如果你还不服输，如果

你还想做一个更好的自己

那么朋友，请感谢每一个

给你折磨的人，无论是有意

还是无意，都将是你人生

最充足的养料，要学会

变废为宝，才能出奇制胜

也才能走出一条

更适合自己的道路

活出真实的自我

我永远崇尚

人生的最高境界

或者说人生的最大追求

就是奉献

永远地奉献

无休止地奉献

无私地奉献

始终为他人着想

我永远

爱着周围的一切

爱着人类，爱着社会

爱着党，爱着祖国

爱着可敬可爱的人民

爱着父母亲情

爱着同事朋友

爱是我的主心骨

我在爱中生活

爱是我的全部

我用诗歌

为社会做奉献

诗歌是我的灵魂

是我生命的化身

我写诗歌不为别的

就只想通过具体的诗篇

为社会打开一扇窗

为社会扫去一片树叶

以微薄之力热爱着

这个多彩多姿的世界

就算生活给我一个

不公正的待遇

我依然

热爱着这个社会

热爱着身边每一个人

我要创造更多的正能量

哪怕心里忍受再多委屈

也要用微笑把生活拥抱

也要用笑脸把生活相迎

我愿是

一团熊熊燃烧的火焰

温暖身边每一个人

用我全部的热能

产生的光量，照亮

每一个奔跑着的人们

我一直崇尚

做一个正直的人

无私的人

活出真正的自我

有一个真正的灵魂

不愿屈辱地活着

不愿窝窝囊囊地活着

不愿委曲求全地活着

不愿俯首帖耳地活着

也不愿人云亦云地活着

为追求而活着

为理想而活着

为梦想而活着

为信仰而活着

为真理而活着

为正义而活着

人的生命只有一次

可以擎起人生的大旗

燃烧生命的烈火

也可以醉生梦死

庸庸碌碌地活着

活着的态度

活着的境界

活着的格局

活着的抉择

决定了活着的质量

活着的收获

活着的永恒

活着的目的

自从在母体孕育

或者更往前推

自从精子和卵子结合

就开始有了生命的初芽

有了生命，才有感官感知

我们睁开的第一眼

我们身上的每一个细胞

我们流动的每一滴血

我们呼吸的每一口空气

我们心房的每一次跳动

都证明着鲜活的生命

在跳跃，在舞蹈，在升腾

有了生命，才有了梦想

有了向往，有了追求

有了物质的渴望，有了对

精神的信仰，只有在

鲜活生命的跳跃奔腾下

才证明我们火焰般的存在

火焰般的活着，来到了这个星球

有了起点，自然就会有终点

我们用火一般的激情

演绎着生命的耀眼，生命的绚丽

生命的五光十色，生命的光风霁月

就这样用生命的旗帜

猎猎地证明我们活着

人和动物最大的区别

就在于人不但有目的性

更有着丰富多彩的社会性

活着的目的，每个人

都会有不同的看法

我们永远活在自我认知里

无须强求别人的选择

只想把自己的认知

活到极致，活到云端

我向来认为，活着的目的

就是不但要活好自己

更要通过自己生命的

演绎奔放，让周围的人

活得更好，活得更幸福

让自己明亮的光，照亮周围

所有一切，哪怕是小虫小草

有多少光亮，全部释放

毫无保留，让天空弥漫着友爱

让空气中荡漾着幸福甜蜜

人生没有如果

人生，永远没有如果

如果，是蠢人的奢侈品

假如真的有如果，时间

岂能不倒流，人生

怎会不逆转

人生，没有如果

没有如果的人生

才是一种挑战

才是一种新生

才是一种披荆斩棘

才是一种所向披靡

人生，没有如果

正如世界永远没有后悔药

一次选择，一次决断

就是一次重生，就是一次

凤凰涅槃，重放光明

人生，没有如果

才让我们如此冷静

不敢有丝毫茫然盲从

人生如下棋，一步走错

也许会步步走错，或许

命运会让你卷土重来

为什么，要让后悔的蛀虫

吞噬我们极为宝贵的生命

不想笑看任何人

只想把自己的每一步

都踏向钢板，踏向青石

不想让迈出的任何一步

落向迷茫，落向无知

落向盲从

我还是愿意这样生活

自从与写作结缘

就一直想写，想写

一直写到手发软

手抽筋，手不能动弹

看似很苦，很自虐

但这样的生命

经得起回忆，经得起咀嚼

如果说以前的生活

失去得太多，太多

目前这种牛马般的生活

也许就是对以前

最好的弥补，最好的救赎

这是自己选择的生活状态

与别人没有太大的关系

有时感觉目前这种状态

就是一种自残，就是一种自虐

不这样，又能如何

只要自己觉得舒服惬意就行

关别人何事，与别人何干

生活状态源于生活目标

一旦心中有追求，心中有向往

所有的生活状态

都会紧紧围绕目标

围绕愿望而旋转

这就是命，这就是运

时时都应对自身选择

无怨无悔，无条件地买单

世界上，哪有那么多

任你选择的机会

有些选择，或许就是

百年不遇，千年不遇

一旦选择

就如同签订了婚约

还准备反悔吗

世界上，没有任何一样工作

轻而易举就可以干好

也没有任何一项选择

轻轻松松就能实现

目前这种苦行僧生活

注定很多人很难理解

理解不理解，都不重要

重要的是

一心一意做自己

专心致志做自己

永远不要出卖自己

不愿把自己

交给不喜欢的人

也不愿把自己

交给不喜欢的事

目前这种状态是幸福的

因为你时时

可以触摸到真实的自己

一直在和自己的内心在一起

从没有偏离航线

这就是一种美，是一种神往

一个人能专心致志

做自己最想做的事情

这难道不是一种幸福吗

这难道不是一种享受吗

这也许就是很多人，很多人

梦寐以求的事

我这样说，近似于阿Q

但我认为，做个这样的人

并没有什么不好

无论写什么

也无论什么体裁

只要刻苦努力就行

不为任何外界所左右

在痴迷热爱中把心中的美好

使劲儿追求

感动在自己心中

无须说给任何人

就这样孤独寂寞

一整天没有一个电话

甚至没有一条信息

仿佛生活在真空中

就这样与孤独寂寞为伍

就这样与自己贴得很近

我们都是自己的朋友

虽然人生最终会走向孤独寂寞

我却提早领略到了这一切

很美好，很幸福

近乎一个疯子般这样存在着

被自己感动着

仿佛过着一种与世隔绝的生活

有时想想，这种年龄

应该叱咤风云，热血疆场

目前这种状态就像是个逃兵

但每一种生活，每一种环境

也许都有着不同的心境

不同的味道，不同的辛酸

不同的扬眉吐气

没有哪一种更好，哪一种更不好

生命有限，不可能

事事都可躬身践行

目前的生活挺好

任何时候都应

学会满足，学会感恩

也许你目前所拥有

成为很多年轻人的

目标和追求

生活是一次机会

也仅仅是一次无法复制的机会

生命是一次重逢

人生哪有那么多

任你任性选择的机会

能有一份热爱，能有一份执着

已经很美好，已经很甜蜜

一如既往坚持下去

幸福快乐就会永远与你相伴

我绝不羡慕你们

我就是我

我绝不羡慕你们

我是独一无二的

无法复制，我有的

你们不一定有，同样

你们有的，我也不一定有

我绝不羡慕你们

因为我很知足

虽然我写的这些

有些人认为是垃圾

但在我却视若珍宝

做一样事情，热爱是前提

如果脱离了功名利禄

那就是真热爱，恭喜你

再也没有比自己

今生要去的那个方向

更美好的事情了

我绝不羡慕你们

不羡慕别人有权有势

纵然有权有势

心里一定要装满人民

人民就是我们努力的方向

人民就是我们奋斗的目标

心中始终有人民

人民才能把你记心上

不为人民着想

失去了为官的前提和灵魂

我绝不羡慕你们

虽然你们

比我帅气，比我潇洒

但我一点

也不自卑，也不汗颜

外在不足，内在补

比知识，比学问，比修养

这些也是一种拥有

也是一种无可替代

气质的闪光，内在的丰盈

也会让一个外在普通的人

熠熠生辉，光芒四射

我绝不羡慕你们

有个幸福美满的家庭

每个人都在走不同的道路

这方面的不足

也许在另一方面

会得到加倍的补偿和赏赐

我一直相信上苍很公平

没有什么想不通

有缺陷的美，也许才是

真实的美，辩证的美

我绝不羡慕你们

在事业道路上跑得更快更远

虽然我迟到，虽然我落后

但有幸加入这个队伍

依然很温暖，很温馨，很鼓舞

笨鸟先飞，大器晚成

既然来得晚

就把别人休息的时间

作为我赶超别人的加油站

用苦和累

搅拌着快乐和甜蜜

酿出美酒加咖啡

生命的灵魂

万事万物，皆有生命

所不同的，人不但有生命

更有着与众不同的灵魂

人人都在奔来走去

忙碌大体相同，生命也无二异

唯有灵魂有着质的不同

灵魂是生命的内核

是生命存在的精神支柱

灵魂是精神的闪耀和体现

人因其有灵魂，而更加

光彩夺目，非同寻常

生命倾其一生，是一个过程

过程有长有短，生命的火光

能照射到多远，生命的亮光

能呈现何等色彩，都极其有限

唯有生命的精神，生命的灵魂

最有发言权，最有说服力

人短暂的一生，归根结底

都在生命长河中，修炼着灵魂

塑造着灵魂，磨砺着灵魂

敲打着灵魂，灵魂让生命

因其短暂，而更加富有意义

灵魂让生命崇高，让生命永生

灵魂让人生因精神而崇高伟岸

灵魂让人生永远不会迷失方向

灵魂让足迹执着坚定走向信仰

生命没有了灵魂，如一具躯壳

只是奔来走去，反复重复着

日复一日的足迹和步履

让今日和昨日，丝毫看不出

有什么变化和异同

生命有长有短，可以度量

可以起始终结，某种程度上

灵魂以生命为依附，没有生命

灵魂无立锥之地，但生命和灵魂

永远不会同时消失，有时生命

已经终结不复存在，而灵魂

却万古长青，光照后人

生命是有形的，可以触摸度量

而灵魂却是无形的，是意识

是精神，是长期磨砺塑造而成

生命诚可贵，灵魂价更高

能使生命的灵魂，日渐丰满

日渐崇高，达到至高的境界

是我们前行的方向和动力

是我们走向成熟的锐利武器

是我们走向至善至美的终极目标

为何总也管不住自己

管不住自己

是一种痛苦

是一种煎熬

是一种良心的歉疚

是一种无助和失望

管不住自己

是自律的不坚定

是原谅在寻找借口

是意志的举手投降

是软弱的内心叩问

为何总也管不住自己

说明修炼还不到家

命运的缰绳还飘忽不定

内心还不够强大威猛

人生还不够成熟稳重

为何总也管不住自己

因为还没有濒临山穷水尽

因为还没有意识到盲人瞎马

因为还没有被逼到命运的死角

因为还没有走到生活的尽头

管住自己，真的很难吗

仅仅一个管住自己

就让你抓耳挠腮，忧心忡忡

仅仅一个管住自己

就让你无所适从，难以应对

仅仅一个管住自己

就让你心事重重，举棋不定

管住自己，应该不难

战胜自己，就是在为自己

刮骨疗伤

不割去内心的毒瘤

就很难主宰自身的命运

不对自己残酷一些

就会让任性的野马脱缰长啸

就会让狡猾的狐狸趁虚而入

不对自己残酷一些

就会像翱翔蓝天的雄鹰

折断羽翼，无法飞翔

要想真正管住自己

就要痛下决心

做命运的主宰

做生活的强者

用紧张忙碌紧紧包裹

用奋斗拼搏贯穿始终

用顽强毅力击败懒惰

用坚韧不拔打垮任性

人生就会永远

立于不败之地

命运就会永远

傲立船头，笑看江湖

不可能

不可能

在我急于动笔时

而停下手中的笔，进而

碾碎蓄势待发的灵感

不可能

让我永远做自身

很不喜欢的事情

生命有限

人生一定有主动权

不可能

让我经常做昧良心的事

人生难免有时会糊涂

一旦清醒过来

就再也无法糊涂

也一定不能再糊涂

不可能

一直做事唯唯诺诺

优柔寡断，这一点

不像男子汉的风格

一旦想好了，就要

雷厉风行，坚决果断

不可能

永远就这样糊涂下去

醒来很难，一旦醒来

还要继续装糊涂

那就是错上加错

不可能

永远就这样一直沉默下去

不在沉默中爆发

就在沉默中灭亡

不在沉默中奋起直追

就在沉默中销声匿迹

不可能

永远做坏人

坏人不是你的专用标签

恶有恶报，善有善报

不是不报，时候未到

坏人也可以向善

只要你愿意脱胎换骨

只要你愿意刮骨疗毒

只要你愿意洗心革面

只要你愿意蜕茧重生

不可能

永远甘为人后

一时的落后，可以理解

永远的落后，就要挨打

打在身上，更打在心里

打出了动力，打出了清醒

不可能

永远一错再错

错一次两次，也许情有可原

无限制的错，明知道错

还要继续为之，一意孤行

那就是无可救药，到最后

搬起石头砸了自己的脚

不可能

一味善良，一味宽容

再大的面积，都会有边界

无原则的退让

无底线的宽容

都会被视为软弱可欺

当无法忍让，当退路已绝

也许最后的蜂刺

已成为别无选择，无法避免

不可能

让我拿原则标准

去换取一点点小恩小惠

任何违背良知的事

犹如生出的毒瘤

渐渐长大

对自身是一种折磨

对良知是一种检讨

我们把时间都给了什么

大凡到了一定年龄

常常喜欢回头看看

盘点一下昨日的收成

回望一下走过的足迹

看着看着，让我们对往昔的足迹

有了更深的思考和鉴别

有些路走的，让我们赏心悦目

有些路走的，歪歪扭扭

让我们空留遗憾，不堪回首

细细想想，慢慢回忆

我们把时间都给了什么

在时间肥沃的土壤里

种植了什么，又收获了什么

无意兴师问罪，无意自寻烦恼

只是在赶路的过程中，常常看看

走过的路，有没有什么不足

有没有什么需要改进，才能把

后面的路，走得更好，走得更稳

我们把时间都给了什么

给了生命，生命与时间均等

时间是计量生命的单位

珍惜时间的人，就等于让

有限的生命，任意拉长

爱惜生命的人，从骨子里

就潜藏着珍惜时间的基因

生命在时间的汪洋大海里任意遨游

时间让有限的生命绽放绚丽的彩虹

我们把时间都给了什么

在时间的土壤里，种植什么

就会收获什么，种植奋斗

汗水不会让你白流，虽然有时

可能会不如意，但大多都会

让你饱尝苦尽甘来的甜蜜芳香

种植诚实，信誉值千金

美好的品质助你一帆风顺

我们把时间都给了什么

不同的人有着不同的分配原则

有些人把时间给了无聊

给了烦恼，给了自欺欺人

给了虚荣，给了忧愁苦闷

给了犹豫不决，给了琢磨不定

种瓜得瓜，种豆得豆

在时间的土壤里结出的果实

多么苦涩，多么苦不堪言

我们把时间都给了什么

也有些人把时间给了充实

给了自律，给了无愧良心

给了忙碌，给了真诚友善

在时间的土壤里收获着美好

收获着心想事成，皆大欢喜

收获着万事顺心，好事连连

我们把时间都给了什么

是清点，是反省，是亡羊补牢

是盘点，是整理，是更好地前行

时间是一个永远无法避开的话题

在每天有限的时间内

合理分配时间，科学取舍时间

会让我们的人生，更加富有意义

会让我们的命运，更加跌宕辉煌

会让我们的生活，更加充满芳香

活着的每一天

活着的每一天

都似一轮火红的朝阳

万道霞光

点燃生命的旗帜和希望

活着的每一天

人生都充满着浪漫

生命都吐露着芬芳

生活都绽放着笑脸

活着的每一天

都是生命的最高奖赏

都是人生的平凡故事

都是人格的不断完善

活着的每一天

让真实的生命可以触摸

让奋斗的足迹不断前行

让伟大与平凡相互交织

活着的每一天

都是生命的熠熠生辉

都是生活的滚动直播

都是人生的精彩传奇

活着的每一天

好似一串闪亮的珍珠

串起昨天的美好回忆

串起明天的无穷展望

空虚得可怕

空虚就是浑浑噩噩

荒度时日

空虚就是百无聊赖

感觉一切都很无意义

一旦与空虚交上朋友

你的生活会很快变得糟糕

打不起精神，提不起意志

感觉随时都像在混日子

根本触摸不到以前

奋发有为的自己

空虚很可怕

会极大消磨人的意志

无论你有多坚强

一旦长时间被空虚拉下水

浸泡久了，慢慢习惯

你再也找不回原来的自己

空虚起来，吃什么都食之无味

生活周而复始，每天都感觉

极为单调，多彩的生活

在你的天空里，永远也泛不起

一丝涟漪，近乎麻木

仿佛一个落水者，很想上岸

但就是清醒一直战胜不了麻木

空虚，白天还不可怕

忙碌的车轮，外界的嘈杂

很快就会让空虚暂且溜之大吉

可一到夜晚，夜深人静

良心过来找你谈心

时间向你索要成绩

你什么也拿不出，仔细看看

自己所走过的道路，竟充满了

那么多不必要的沟沟坎坎

仔细想想，既无必要

也无任何意义，可就这样

一直睡着，总也醒不来

为了在以后的回忆中

少一些懊悔，少一些痛心疾首

为了不辜负时间的赏赐

不辜负生活的不易，不辜负

命运的跌宕起伏

就要勇敢从空虚中走出

把美好人生交给充实

交给忙碌，交给自强不息

经常往远处看，风景更美丽

经常往天空看，你再也

找寻不到，原来懦弱的自己

我常常和自己过不去

说好的，再也不去书店

买书了，可到了书店

又马上反悔，就像是着了迷

一头扎进书店，身不由己

又开始翻弄着书页，就像是

一位蚕农，独自欣赏着

自己的蚕桑，自己的播种

说好的，不再买书了

到书店来，只是看看

可到最后，离开书店时

又是大包小包，收获满满

好像是一场战役下来

凯旋的士兵

在欣赏着自己的战利品

买了很多书，到底又看了几本

时常为买了很多书

而没有认真看，在发愁

在懊恼，可就是身不由己

到了书店，就像是烟瘾发作

不抽几口，全身无力

常常这样和自己过不去

本不想这样，但不去书店

又很难寻求到那样的灵感

可以说，在创作成形的诗歌中

有很大一部分都是在书店完成的

书店给了我灵感，我买书店的书

仿佛是一种偿还，又或者是

一种感恩，常常这样，习以为常

这是一种矛盾，这是一种幸福的

折磨，幸福的苦恼，我愿意常常

与这种矛盾相依相存，与这种苦恼

夕夕相伴，分明是在自我折磨

这是否可算作阵痛，矛盾催促着

一切事物，瓜熟蒂落，而折磨

分明是岁月的考验和评估

看着家里形形色色的书籍

就像在盘点今年的收成

当有些人在盘点着有形的资产时

我却像如数家珍似的，将各类

不同的书籍，细细品味

这就是爱好，这就是欣赏

我们总是用付出，为所有的

爱好，理直气壮地买单

缺陷与奇迹

在路边散步

每每会碰到这样一种景象

天生残疾，或后天残缺

要么用缺少手指的巴掌

把一杆笔夹得很吃力

要么用双脚将笔夹得很用力

但写出来的字

却让我们刮目相看

心生敬畏，堪称奇迹

是的，他们靠着这样的手艺

街头献艺

来养活自己，或者养活全家

他们写出的字，并不能算最好

但却是他们的极限

写出了我们普通人的望尘莫及

正常人怎么练，都难以达到的

高度，却在他们手中脚里

成为活生生的现实

还有一位盲人歌手杨光

从小双目失明

但他模仿多位著名歌手

唱出的歌，以假乱真

难以分辨，达到了神似

特别是模仿西游记中

师徒四人西天取经的台词

更是惟妙惟肖，拍案叫绝

再把目光往远处看

贝多芬，德国著名音乐家

贫困，疾病，失意，孤独等磨难

折磨着他，最大的灾难是耳聋

给他带来的痛苦，让他

几乎听不见外界任何声响

即使这样，贝多芬

依然在进行着顽强创作

写出了享誉全球

《英雄》《命运》《田园》等
家喻户晓的交响曲

奥斯特洛夫斯基
苏联著名作家
在瘫痪和失明中
写出了《钢铁是怎样炼成的》
激励了多少有志青年
鼓舞了多少热血男儿

这一系列非凡奇迹的背后
蕴藏着多少感人肺腑的
动人故事，这需要多么大的
毅力和超常付出
他们做到了四肢健全
耳聪目明的正常人所不能
企及的事情，到底是缺陷
成就了他们，还是他们
让奇迹在残酷的缺陷面前
闪烁出璀璨夺目的光芒

是啊，上天就是这样公平

为他们牢牢关上了身体健康

这扇大门，却让他们残缺的

身体，创造出普通人正常人

都难以企及向往的精彩和奇迹

也正是他们的奇迹，弥补了

他们身体的不足，哪有

无缘无故的奇迹，哪有

美妙绝伦的精彩，奇迹和精彩的

背后，是他们超乎常人几倍

甚至几十倍的付出和艰辛

眼泪总是默默流给自己

信心总是在默默坚守中成长

你也可以和他们一样创造奇迹

可是你怎么也做不到

问题的根本，就在于他们有着

永不服输，不向命运低头的

决心和勇气，不到万不得已

无法绝地反击，是身体缺陷

把他们逼向了生活的尽头

身体的极限，命运的末端

他们不得不这样做

他们不能不这样做

这是他们唯一的出路和通道

有时候，唯一的出路

就是最好的出路，选择的最高境界

也许就是无法选择，唯一选择

而对于衣食无忧的我们

却永远创造不了他们那样的

奇迹，扪心自问

是我们缺少那样的气概

那样的境界，那样生命的顶点

那样命运的辉煌，究其根本

永远都没有戳痛我们

心灵深处那道最后的防线

最后的底线，最后的万不得已

最后走投无路的绝地反击

不怕死是人生最高境界

在这个世界上

就想问大家一个问题

究竟是什么

让我们畏惧，让我们怯懦

让我们瞻前顾后，辗转反侧

让我们心有余悸，人心惶惶

对我来说，莫过于对死亡的惧怕

敢于讨论死亡的话题

本身就是对人生的一次升华

就是对命运的一次

庄严而慎重的审视

人活得再长久，总有

与世界告别的那一天

如果真的能畅畅快快地

活好人生的每一天

不再被死亡所威胁

不再被怕死所笼罩

那该是多么赏心悦目的日子啊

朋友，写到此处，请你一定

不要认为，目前的我

也许遇到了什么难处

或许是遇到了什么想不开的事

告诉你吧，什么也没有遇到

一切都好好的，思维思想

都很正常，只是我想让人生

活得更清醒些，活得更洒脱些

为什么要怕死呢

因为我们内心有一种惧怕

因为我们骨子里有一种恐惧

死亡和出生，是人世间

再正常不过的一件事

愈是到一定年龄

愈是对人世间的万象

有一种透彻心扉的了解和思索

就会更多地去思考思索

这个命题，始终存在

人生说到底，就是一个过程

既然是一个过程，那就

免不了有起点和终点

来时路，父母已为我们决定

归去的路，交给了上天

交给了自然，你能主宰

自己的命运，可对于生死那一瞬

我们任何时候，都无法主宰

无法预料，唯一能做的

就是走得更稳当一些

走得更自如一些，其最终

就是想让生命的旅程

走得更长一些，更有质量一些

灵魂的觉醒

灵魂总会觉醒

只是迟早

早一天觉醒

也许会看到和之前

不一样的风景

人生是一场旅途

灵魂的觉醒，也许是

柳暗花明又一村

也许是，踏破铁鞋无觅处

觉醒，是体验，是新生

是蜕茧，是涅槃重生

不要怕被唤醒

也许另一个地方

有着你今生都很难看到的风景

不是每一个人

都有被唤醒的机会和可能

既然你有幸被唤醒

那是上苍对你的无限眷顾恩赐

为什么要自欺欺人

假装沉睡，虽然假意睡去

但内心的翻江倒海

瞒得了他人，怎可瞒得了自己

人总是要醒的，只是迟早

换一种活法，也许是一种新生

不要那么怕挑战，安安稳稳

因循守旧，也许看似很平稳

但世事无常，一切都在变

只有内心强大，才能以不变

应万变，敢于去吃螃蟹

虽然有风险，但机遇与风险

并存，有时候

最危险的地方，也许最安全

灵魂的觉醒，是一次轰轰烈烈

是一次敲锣打鼓，是一次
大摆宴席，也许觉醒之日
就是我们的新生之日，就是
我们幸福的开始，就是我们
迈向新生活铿锵有力的誓言
就是我们寻到的生命真谛

不要怕你现时的梦，被吵醒
吵醒后的生活，也许更芬芳
吵醒后的阳光，也许更灿烂
只有敢于在大海中搏击风浪
才能练就一流的水手
只有敢于对自己大胆否定
才能让自己破除思维的禁锢

灵魂的觉醒，让我们看到了
从未有过的新生和希望
一味麻木，虽然每天奔来走去
但始终很难闻到翻滚奔腾着的
生活的芳香，觉醒的灵魂
在歌唱，在奔跑，在摇旗呐喊
在旋转，在飞翔，在心头荡漾

时间会淡忘一切忧伤

时间是一把锐利的刀子

它会把一切痛快和不痛快

统统切割，决不留情

时间又是一把电焊

没有它切割不掉的忧伤

时间又像是一束激光

会把尘世的痛苦一扫而光

时间会淡忘一切忧伤

是迟早的事，需要耐心等待

苦苦相恋，难舍难分

有一件事超越底线

让你忍无可忍，无法原谅

一气之下，分道扬镳

各奔东西，负气而走的结果

让你总忘不了往昔一切甜蜜

假如这真是一场梦，或者是

迟早要破灭的肥皂泡沫

长痛不如短痛，有时候

果断离别也是一种解脱

或许也是一种最好的珍惜

时间会淡忘一切忧伤

不快乐总是暂时的，当你

开足马力，驰骋向前

哪有时间与不快乐为伍

繁忙的节奏早已冲淡了

忧伤的干扰，忧伤是一种情绪

情绪会传染，与其把不健康的

情绪传染，何不慢慢疗伤

以一个阳光灿烂的笑容

将朋友迎接，把快乐分享

相恋很久，也会在破碎中

走向痛苦，之前的山盟海誓

是那样让人深信不疑

总是认为一切都会很美好

一切都是向善的，未曾想到

多年来共同精心搭建爱的雀巢

也会崩塌，也这么经不起考验

也会这么让人伤心欲绝

原来爱情也会有仿制品

投入的情，播撒的爱，就这样

烟消云散，好不凄凉

内心承受不住如此打击

整天借酒浇愁，一步步走向

颓废堕落的边缘，忽然天空

一声惊雷，让你恍惚的心神

猛然惊醒，一步走错，岂能

一错再错，相信自己，相信

时间总会有一天，将一切忧伤

慢慢埋葬，还你一片晴朗

时间会淡忘一切忧伤

为何要在忧伤的低谷

止步不前，黯然神伤

生活中有那么多美好不去耕耘

生命中有那么多灿烂不去收获

还在等什么，太阳已经升起

阳光普照大地，新的一天

已经开始，把昨天的忧伤

抛到九霄云外，向前走去

幸福的滩头，热闹非凡

快乐的岸边，浪卷云翻

此时的你，还会再忧伤吗

如果还有来生

如果还有来生

我还会选择写诗

诗，是我生命的流淌

诗，是我情感的源泉

诗，是我对世界的认知

诗，是我对人生的万般珍惜

我热爱着诗

依恋着诗

我与诗是那样

情投意合，情意相牵

我走到哪里，都会与诗

形影不离，心中挂念

如果还有来生

我还会写诗

我还要写诗

也只有在写诗中

我触摸到强烈生命

跳动的脉搏，急促的呼吸

也只有在写诗中

我的生命才会在

火焰般的灼热中

激情跳荡，神采飞扬

生活中怎能没有诗

没有诗意的生活

就像无色无味的水

怎会体会到生命的

至纯，至真，至美

没有诗意的生活

犹如黑暗里

茫茫行走的路人

只觉得道路漫长

却一直找不到光亮

如果还有来生

我依然会选择

与诗歌为伍

就是拼尽生命的亮光

也要把诗歌

揽入怀中，忘情亲吻

好好活着

活着，好好活着

是的，我们都得好好活着

怎么可以不好好活着

既然生命如此宝贵

既然生命的橄榄枝

落在了你的肩上

有千般理由万般说法

都无法辜负生命

今生对你的青睐

好好活着，看似简单

却有着极其深刻的哲理

活着是生命的状态

是生命的运行轨迹

以生命的出发而开场

以生命的湮灭而终结

活着是生命的演绎持续

活着是生命的轮番登场

活着是人生的喜怒哀乐

酸甜苦辣，悲欢离合

活着是命运的迂回曲折

跌宕起伏，东山再起

好好活着，是对生命的升华

是对生命的敬仰，是对

生命的尊重，是对生命的

拓宽和提升，活着只是一种

状态，好好活着，让生命

走向崇高，走向伟岸，走向

对人生的冷静，走向对命运

的思索，走向对生活的追求

好好活着，是一片开阔地

走近细看，原来人生这般

美好，难怪有人高喊出内心

的渴望，人生再活五百年

无论此时的你，现在是如何

冷静，假如再过无数年，当

有朝一日与人生说再见，是

那样留恋人世，留恋生命瞬间

好好活着，是对生命的承诺

是对生命的忠诚，是对生命的

负责和担当

好好活着，是对

社会的无限感恩，是对人民的

满腔情意，是对祖国的无比热爱

好好活着，散发着正义之光

好好活着，让火热生活永远

充满着甜蜜幸福，花的芳香

好好活着，让美好人生永远

飘荡在情暖人间，爱的海洋

每天都是好天气

狂热的夏季

一场细雨过后

天气凉爽，沁人心脾

空气携裹着清风

把惬意互相传递

其实每天都是好天气

自然界的春夏秋冬

生活中的风云雨雪

都是自然赏赐给人们的福礼

我们敞开胸怀，拥抱自然

生活的芬芳，让你沉醉

与其说是天气好

不如说是人们心情好

自然界的天空极为公正

它对每个人都报以微笑

不同的是，你的表情

在生活中的镜子里，映照着

你此时的心态与心境

每天都是好天气

每天都会喜事连连，好事多多

每天都会喜结连理，百年好合

每天都会开业大吉，百业兴旺

每天都会生日快乐，健康长寿

每天都会难忘今宵，值得铭记

每天都是好天气

今天的天气，最适合奋斗

机不可失，时不再来

今天的天气，最适合动工

万丈高楼平地起

今天的天气，最适合健身

长期坚持，创造奇迹

今天的天气，最适合尽孝

这样就不会空留遗憾

每天都是生命中的好天气

健康的身体，为天气添彩

良好的心态，让阳光明媚

每一天，都是人生项链中

环环紧扣最耀眼的那一颗

每一天，都让生命的河流

飘荡着充实成功幸福甜蜜

每天都是人生中的好天气

这一天，我入了党

组织的温暖

沐浴着我健康茁壮成长

这一天，我做了父亲

新生命的诞生

时时让我沉醉，让我欣喜

这一天，我获得了荣誉

沉甸甸的奖杯

凝结着集体的共同努力和汗水

这一天，我取得了成功

那是新的起点

鼓舞着我奋勇向前，不懈努力

第八辑

生活
更多的
是
给予

生活如此美丽

列车风驰电掣

急速穿越秦岭

沿途风景如画

一切尽收眼底

眼睛似摄像机

急速拍下了转瞬即逝的

这一幅幅美妙绝伦的精彩

生活如此美丽

在一个个美丽面前

我俯首帖耳

来不及赞叹

甚至来不及思索

大自然巧夺天工

如此美丽天然雕刻

让人心旷神怡

生活中并不缺少美

而是缺少发现，缺少探索

在如此美丽的画卷面前

我无法做到无动于衷

无法不心潮澎湃

每一个画面

都是大自然的最好杰作

生活是如此美丽

我实在找不到不热爱生活的

激情和理由，生活如大海

把一切美好

都包容接纳

在一幅幅画卷面前

我呆若木鸡，被眼前

这一幕幕，深深震撼

大自然鬼斧神工

劳动人民妙笔生花

绘制出一幅幅动人心魄的

美丽画卷，由此延伸

祖国九百六十万平方公里的

大地上，又储藏着多少

美不胜收的动人画卷

我梦见自己是一只小蜜蜂

在祖国的百花园中，尽情

采撷着每一朵花

远方的灯光

在夜幕的陪衬下

远方的灯光

好像一双双

闪着亮光的眼睛

默默地注视着我

悄悄地与我对视

灯光的瞳孔

映射着我的心灵

我与灯光离得很近

灯光给了我全身温暖

我与灯光相距遥远

灯光让我享用自由空间

远方的灯光

你这样飘忽不定

你这样一直闪耀眼前

全世界的灯光

何其富有，何其广博

而唯独眼前

远方的灯光

此时正一心一意

把我陪伴

远方的灯光

有缘的灯光

在人生的长河里

在时空的经纬中

让我们相遇

让我们相聚

我们常常相视一笑

我们常常眉目传情

远方的灯光

你静静矗立在那儿

一动不动，异常专注

好像持枪的哨兵

机警地把四周寻望

又像是痴情的少女

今生就只喜欢看着你

你走进了我的心里

我的眼里满满都是你

远方的灯光

从不说话，从不言语

总是眉目传情

总是忠心耿耿

无论我回家多晚

你都一直把我等候

我拖着疲惫，带着劳累

准备进入梦乡

可你还一直

静静地站在那儿

我一觉睡到天亮

而你却在黎明的曙光中

悄然隐退，轻轻而去

把无声的再见

化作了清晨第一缕阳光

总有一天你会理解

最近发现你，好像变了

变得我们不太认识了

先前与我们一起跳，一起唱

一起痛痛快快地喝，一起

共同点缀夜晚的美好快乐

现在的你，变得有些不合群

似乎有些高傲，有些心事重重

你们轮番给我做思想工作

凡事想开些

不要那么愁眉苦脸

不要那么闷闷不乐，还有什么

想不开的，人生苦短，不及时行乐

如何对得起生命，对得起生活

亲爱的朋友，你们真的不太明白

现在的我，让我对你们怎么说

我并不脆弱，也实在没有什么
想不开，我想做回从前的我
在某一个不经意的瞬间，我遇到
了初心，沉积这么多年，它还是
把我唤回，把我唤醒，因为我
认识它，要比认识在座的各位
要早很多，况且当初也为它
许过诺言，我不想做一个
言而无信，背信弃义的懦夫
我现在遇到了它，十多年了
我欠它的很多，良心驱使着我们
重拾往昔梦想，共结当初连理

这样做，可能不被理解，可能
还会被误会，这一切我都认了
没有那么多的十全十美，对于
现在的一切误会，我保持沉默
沉默，也许就是最好的解释
一切需要时间，时间能证明一切
这是一场战斗，这是一场较量
作战的对象，我很了解，太了解

长处短处，优点缺点，都了如指掌

正因为如此，这场战斗

才异常残酷，才惊心动魄

亲爱的亲人朋友，总有一天

你会理解，我现在是去参加

一场战役，一次战斗，请你们

能够理解谅解我没有向你们报告

不想让你们过多忧虑担心

战斗的胜负，我无法把握

就是想认真参加一次这样的

比赛，这样的战斗，如果不去

我怕给自己留下遗憾，参加了

无论成绩如何，只要尽力了

就会心底无憾，谋事在人

成事在天，全是为了一桩心愿

总有一天，你会理解，这件事

很光荣，很神圣，之所以没有

给你们说，就是想排除一切干扰

想把这件许久想做的事，努力

做好，终会柳暗花明又一村

终会三千越甲可吞吴，终会

百二秦关终属楚，这一天只是迟早

我早已准备好了凯旋成功的琼浆

到那时，我们一起庆祝

祝贺我们旗开得胜，马到功成

祝贺我们苦尽甘来，梦想初成

祝贺我们并肩携手，迈向灿烂

我把劳动举过头顶

劳动人民，随处可见

劳动人民，就在身边

劳动人民就矗立在我眼前

劳动人民永远和我们在一起

我们永远都是劳动人民的一员

劳动无上光荣，劳动非常幸福

我们在劳动中成长壮大

我们在劳动中走向成熟

热爱劳动，是因为骨子里

就流淌着劳动的汗水

热爱劳动，是因为思想深处

就镶嵌着劳动的基因

什么时候都不能轻视劳动

任何时候都不能侧着身子

斜着眼睛，看待劳动，对待劳动

毫不夸张地说，劳动就是

我们的祖先，劳动就是我们的

生命，没有了劳动，人类社会

就会走向堕落，脱离了劳动

强健生命就会走向枯萎，失去了

劳动，意味着健康在向生命低头

劳动很平常，劳动很神圣

劳动很光荣，劳动很崇高

我们与劳动一起生活，朝夕相处

我们与劳动形影不离，不可分割

小到我们的衣食住行，哪一个

不是劳动结出的丰硕成果

哪一个，不是劳动盛开的鲜艳之花

大到社会的进步，物质的丰盈

文明的推进，历史的演绎

哪一个，能离开劳动的浇灌

哪一个，不是劳动的蓄势待发

我歌唱劳动，就是在歌唱先辈

就是在感恩父母，就是把

与土地为伍的父老乡亲，拥在

怀里，就是把与土地为伴的

劳动人民，深深珍藏在心里

祖祖辈辈都是劳动人民的后代

世世代代都是劳动人民的传承

劳动是我的血脉，是我的精灵

劳动是我的魂魄，是我的依靠

没有劳动，就没有今天的幸福生活

没有劳动，就没有现时的一切拥有

任何时候都无法轻蔑高贵的劳动

看不起劳动，就是对自身的侮辱

无论从事什么样的劳动，都永远

让人们为之敬仰，体力劳动

让我们看到了奔腾的血液

看到了舞蹈家的欢腾，脑力劳动

那是一种表面平静，暗流涌动

在看似静默的背后，却是人类智慧

在闪耀着金光，蕴含着力量

劳动让我们骨骼健壮，劳动让

我们神清气爽，全身充满力量

劳动让我们品尝着汗水的味道

劳动让我们欣赏着成功的杰作

劳动让我们在日复一日中种植奇迹

劳动让我们在夜半人静时盘点希望

在忘我的劳动中，我们把头仰得

很高，在繁忙的劳动中，我们把

烦恼抛向脑后，在艰苦的劳动中

让人性的韧劲不断拉长，在欢乐的

劳动中，让朗朗笑声飞向天空

在长期的劳动中

让生命的羽翼

在惊涛骇浪中磨砺碰撞，愈发坚强

好好热爱生活吧

生活每天都是新的

每天都是热气腾腾的

像蒸熟了的馒头

散发出诱人的香味

热爱生活，就是

热爱生命，热爱大自然

生活，是我们的全部

衣食住行，喜怒哀乐

皆是生活，生活将我们

紧紧包围，时时相依

热爱生活，就是热爱

人世间的一切美好

你热爱生活的同时

生活也在把你拥抱

我们在生活中成长磨炼

生活让我们得到无穷富有

热爱生活，充斥着社会

每个角落，热爱生活的人们

意气风发，斗志昂扬

实在找不出不热爱生活的理由

生活是我们的全部和依托

生活是我们生命

得以发光发彩的练兵场

热爱生活吧，无论生活

多么艰难，多么曲折

一切都是暂时的

一切都会过去，而那过去的

也许会变成永恒

没有永远的胜利

也没有永远的失败

一切都会峰回路转

一切都会柳暗花明

热爱生活，就要拥抱生活

拥抱生活中的每一天

拥抱生活中的每时每分每秒

生活不容蹉跎，生活不容懈怠

生活让我们身强体壮

生活让我们其乐融融

生活让我们实现梦想

生活让我们心想事成

一切的快乐幸福开心

都会在生活中酝酿生成

一切的苦愁哀叹不如意

都会在生活的浪潮中

被一点一滴洗刷干净

生活，真的很美好

热爱生活，拥抱生活

把每天都当成生命中

最为宝贵的一天来对待

你就会收获无限，收获阳光

收获未来，收获生命的

富有，收获人生的真谛

清凉不只属于你

炎炎酷暑，难以抵挡

虽然已是晚十点

外面依旧如蒸笼

顷刻间汗流浃背

咸咸的味道，流进嘴里

偶然进入室内

好像人间换了四季

从酷暑高温

径直走向寒冷的冬季

有空调真好

让我享受到别样的味道

我在这里心安理得

沐浴着冬之寒冷

夏的清凉

可在外面炎热街道两旁

叫卖声不绝于耳

小小的巷子车水马龙

维持生计的艰辛

养家糊口的责任

让他们早已忘了，现在是

酷暑难耐的炎炎夏季

扪心自问，良心做证

清凉不只属于你

当享受着冬天般美丽的寒冷

可曾想起，灯火阑珊的外面

有人在汗流浃背地奔走

有人在忍受着热浪的侵袭

清凉不只属于你

不妨换位，常常想想

一切的幸福美好

只是有人在默默替你奔跑

一切的快乐甜蜜

只是有人在为你日夜操劳

假如我们始终认为

清凉就只属于你

试问万丈高楼谁来修建

万里海疆谁来守卫

危急的病人谁来抢救

作恶多端的盗贼谁来抓捕

和平稳定的秩序谁来维持

我们不妨时常想想

不是我们生来就该享受清凉

世上本没有该与不该

只是有人在默默为你负重前行

假如你已经喝到了甘甜的蜜汁

千万别忘了

那是大家辛勤的血汗共同发酵、酿制

我是来考试的

考试的主题是

驻村帮扶的举措

考试的主人是

踏上一线的自己

打分阅卷的人是

当地乡村的人民群众

我是来考试的

我是主动来考试的

我是用心用情

接受这场特殊考试

虽然我还没有见到

即将帮扶的乡村亲人

可我已摩拳擦掌

我已急不可耐

需要将我全部的热情

奉献给我的帮扶村

亲爱的乡亲们

我是来考试的

请你们看我的行动

看我的作风

我要以实实在在的付出

得到你们的肯定

相处是一场缘分

帮扶的时间是有限的

可我为群众办实事

为群众爱心奉献到底

却是永远的

这里是我的家

我要用有限的时间

用我的真情付出

把我的帮扶村，建设得

更美丽、更漂亮

我的努力，我的付出

村民们的脸上

会露出满意的微笑

我相信，我的答卷

会在乡村的田野上

描绘出一幅美丽的画卷

汗水的味道

汗水的味道

散发在广袤的田野

让劳动者的味道

弥漫田间，四处飘香

烈日当头，酷暑炎炎

农民们挥汗如雨

汗水把衣服贴得很紧

汗水把额头浇得很湿

他们把汗水浇在了

朝夕相处的土地中

他们把汗水浇在了

期盼来年收成的希望中

汗水的味道

氤氲在机器隆隆作响的

厂房，工人师傅的工作服

在汗水中浸泡

又在不知不觉中

让湿淋淋的工作服

接受人体温度的炙烤，自然焐干

汗水中长出了新产品

汗水中盛开着改革创新

汗水中洋溢着一张张

醉人的笑脸，收获的成熟

汗水的味道

弥漫在体育健儿为国争光的赛场

一次次跌倒，一次次爬起

打不垮的是意志，击不倒的是毅力

汗水在运动场，滴答如雨下

金牌在汗水中闪着金光

荣誉在汗水中让全国人民赞扬

不服输，敢挑战，勇当先

让中华儿女扬眉吐气名扬四海

让华夏儿女深受鼓舞倍感自豪

汗水的味道

弥漫在固守戍边汗水津津的

练兵场，平时多流汗

战时才能少流血

汗水让怯懦变勇敢

汗水让柔弱变刚强

汗水让个个如下山猛虎

汗水让部队士气威震一方

汗水就是强军固基的凝固胶

汗水就是威震敌胆的有力法宝

汗水的味道

弥漫在科研攻关第一线

科学家用汗水浇灌着发明创造

多少个挑灯夜战

多少个不眠之夜

一张张宏图在汗水中绘就

一项项奇迹在汗水中诞生

把大写的忘我，竖向云端

把爱国的信念，写在蓝天

汗水的味道，是咸是淡

汗水的味道，是甘是甜

汗水的味道，离我们很近

总是把我们浓浓包裹缠绕

汗水的味道，很香很甜

总是在我们身边弥漫飘荡

是那样甘甜，是那样芬芳

汗水的味道，很苦很涩

总是让我们时时心怀感恩

今天的幸福生活，是在无数

奋斗者的汗水中长成

汗水的味道，是责任，是担当

汗水的味道，是光荣，是幸福

汗水的味道

是满怀对生活的向往和热望

汗水的味道

是勤劳致富的捷径和法宝

汗水的味道

飘荡着浓浓的正能量

汗水的味道

让人民丰衣足食，奔向小康

汗水的味道

让社会文明和谐，国富民强

我究竟该把感动献给谁

走到家乡土地上

有幸来到西安古城墙下

一支简单小乐队

在几个人密切配合下

吹打敲击着震撼心灵的乐曲

每首乐曲都是那样动人心弦

我像一个木桩，走到这儿

就再也走不到前面去了

音乐的力量无穷大

大到可以让人发疯发狂

大到可以让人废寝忘食，忘乎所以

听着这些熟悉而又动听的音乐

心中浮想联翩，不断升腾起

一轮又一轮无法停歇的感动浪潮

感动浪潮一轮又一轮

将内心深深翻滚，升腾起

奔涌起酿造起无法扼制的海浪

在这样巨大的感动面前

我究竟该把感动献给谁

献给谁呢，献给我的祖国

献给我的人民，献给一切善良

献给人世间的真善美

很庆幸，很幸福，我能每天

和感动生活在一起，这是我

巨大的创作源泉，我在生产感动

怎能没有战鼓擂动，怎能没有

鼓乐齐鸣，怎能没有扣人心弦

没有了这些超乎寻常的亢奋

怎么能生产出人世间最美好的

感动呀，感动怎可在装模作样中

无病呻吟中产生，怎可在

麻木不仁中，呱呱坠地

我究竟该把感动献给谁

这是我们每个人在迈步之前

就该深深思考的问题

我们这个社会每天都在

生产感动，制造感动

可能你还没有感知，可能你

还没有深深意识到，但感动

时时就在你眼前，就在你身边

此时此刻的我，却被感动

深深包围，深深地被感动

围个水泄不通，我不想在

感动中走开，感动竟然会让我

如此幸福，如此甜蜜

这支小小乐队

虽然人数很少，但器乐却相当

齐全，用自己手中的器乐

打击着心中最难忘最甜蜜

最幸福的乐曲，他们是一群

可爱的人，有趣的人

我就在这支小乐队的演奏中

再也挪不动半步，他们忘情演奏
我要为他们收尾，我要做他们最后
一个离场的观众，因为他们给了我
深深的感动，无数的感动
制造感动是他们，演奏感动的
永远是他们，我只想用手中的情丝
将他们进行传递，不想让美让感动
在我这里出现断层，我不想让美
让感动，在我这里夭折消失

失去也许是更好的得到

生活中，哪有那么多的

一帆风顺，苦难可能占据了

生活的大半个部分

既然生命如此宝贵，难得

在世上走一遭，做好吃苦的

准备，非常必要，也很及时

当失去已成事实

在生活中交错发生，更多的

埋怨，只会让你失去更多

当你还在为失去忧愁苦恼

甚至恼羞成怒大动肝火时

失去将成倍失去，而得到

也将随之相应减少

人常说，十个指头伸出

各有长短，人上一百

形形色色，各人的素质素养

道德品质，参差不齐

无法用自身素养的尺子

去量别人的短长，就算生活中

别人辜负了，耽误了，失约了

也可以宽宏大度包容理解

为什么你是常人，就因为你一直

在用常人的思维，想问题办事情

什么时候你技高一筹，智谋超乎寻常

就会让人刮目相看，心存敬佩

面对失去，不是不计较，也不是

不生气，而是善于转换脑筋

换个角度想问题，思路一变

天地宽，这也许就是你的高明

看似小小的失去，有时候

也蕴藏着更多的得到，失去的

往往是有形的，看得到的

而得到的更多的是精神的

看不到的，但它依然存在

这个时候需要你在失去的

熔炉中，去提炼，去结晶

就像前面有一个陷阱

这次是初次没有看到，已经

陷进去了，不怕，打起精神

给这里竖一个永远的警示牌

时刻提醒自己，在以后的

生活中，这儿是暗礁是险滩

后面的路，将走得更稳更快

人生还有一个宝贵财富

就是吃一堑，长一智，在失败

与成功中，积累着经验教训

先进的方面，我们虚心取经

生活中的点滴累积，都可以是

经验，但有时候当我们身陷泥滩

走出来了，从中获取的经验

也是更大的财富，更多的得到

更好的路标，更大的补偿

上帝给你关上一道门，同时

也为你打开一扇窗，哪有那么多

无缘无故的失去，哪有那么多

一不小心就得到，得失是相对的

充满辩证的，失去也不全是

坏事，得到也不全是好事

任何时候，能做到处惊不乱

胸有全局，泰然自若，这也许

就是失去后更好的得到

我不该来这儿吗

到甘孜乡村振兴

我踊跃报名

并非一时心血来潮

而是心里铁定要去那儿

有人曾问

到了这把年纪

你本不该来这儿

我本不该来这儿

可我绞尽脑汁

苦思冥想，却始终

找不到不来这儿的理由

来这儿，有错吗

这儿是高原

这儿是前线

这儿是我报效祖国的阵地

我来到这儿

根不断往下扎

这儿没有什么不好

缺氧不缺精神

缺氧不缺斗志

我本来不该来这儿

真有这种念头

就是一个懦夫

就是向现实低头

要敢于向困难宣战

要敢于挑战自己的极限

人生没有生来就该吃苦的

也没有，应该在哪儿

不应该在哪儿

在哪里都是战场

愈是残酷血腥的战场

更能磨砺斗志

更能激发血性

这是上天赐予你的平台

切莫辜负了这个平台

并非人人都会享有

也并非人人都有这个机遇

为了把铁锻铸成钢

经受非人折磨，千锤百炼

经受鬼斧神工，雕琢成器

没有那么多的，应该不应该

如果你是一粒种子

无论散落在何处

都会和外界紧紧相依

热烈拥抱，以生命的璀璨耀眼

赢得凡尘掌声不断，泪水涟涟

3400 米

3400 米

它，不是一个长度

是一个高度

是甘孜县城的高度

是我今生驻村帮扶的地方

3400 米

是五类高海拔地区

过了知天命的年龄

毅然决然选择高海拔

是对梦想的执着与考验

是对人民群众的恩情与报答

我在 3400 米

执着我的梦想与追求

书写着人生的多彩与坚实

如果说吃苦是福

那这一步，就是对

吃苦是福，最好的佐证

最有力的回答，躬身与践行

人生道路千万条

而我却毅然决然走向了

3400 米，这个数字

这个高度，是对之前颓废的

有力宣战，是对碌碌无为

最好的弥补与改过

是人生的幡然醒悟

是对生命真谛的深思与探寻

3400 米，是海拔的高度

更应成为我思想的高度

我从不畏惧任何海拔高度

只要一棵普通的小草

能够成活，能够慢慢发芽

只要一株小小的白杨

能够坚挺地把根往下扎

就会无所畏惧，坚韧不拔

3400 米，我看到最多的

两树一花，柳树，白杨树

还有房前屋后的格桑花

见到过很多柳树，而唯独

这里的柳树异常坚韧

叶子很窄，颜色微微泛白

长的不是很粗壮，也不很高大

但却分明让我看到了

柳树自身与生俱来的

坚韧，顽强，不向外在低头

北方的白杨树，都很高大茂盛

而这里的白杨，如柳树一般

不惧外界环境，坚韧，向上

而最令我着迷的当数这里

随处可见的格桑花，花很美

以粉红为主色调，大大小小的

格桑花，在绿色茎秆的支撑下

开满了街道两旁，惹人心醉

3400 米，让我看到了

不一样的美，不一样的生命

不一样的蓝天白云

我就要和这里的土地相依相偎

我就要和这里的人民情深谊长

海拔的高，空气稀薄缺氧

挡不住心的向往，反而

会让心飞得更高，更远

请感谢对你不好的人们

你们的每一个举动

你们的每一个决定

看似残酷无情，冷若冰霜

看似不近人情，傲气十足

但是换个思维，换个角度

从另一方面想想

却是在考验着

我的智慧，我的毅力

人生一世，不如意

常常十有八九

没有任何必要

要恨哪一个，恨别人

最终都会反射回来

恨自己，干吗要恨呢

有恨的时间，为什么

不思路一变天地宽呢

任何时候，都无须作茧自缚

都无须画地为牢，人生

是多么宝贵啊，每天

千万次的高兴，还来不及呢

为什么要忧愁苦闷呢

为什么要跟最熟悉

及可爱的自己

过不去呢，有这个必要吗

人生啊，任何时候都浪费不起

无论你怎么珍惜，每天对谁

都是那极为宝贵的二十四小时

生命苦短，一晃而过

我们有浪费的时间和资格吗

所以说，亲爱的朋友们

如果你此时心情烦闷

郁郁寡欢，请你不要犹豫

请你不要缠绵，把一切烦恼

都抛置到九霄云外去吧

因为人生，的确浪费不起

因为生命，需要百倍尊重

人生，没有十全十美

也正是因为有了他们

对你的刺激，对你的不公

才让你今天，拥有了

在别人眼里，无法企及的一切

这也许是因祸得福

这也许是上天对你双倍的赏赐

有什么可后悔的呢

有什么可想不通的呢

上苍为你关上了一道门

它一定会为你打开一扇窗

等待时机，伺机而为

坏事中有好事

好事中有坏事

没有绝对的好

也没有绝对的坏

一切都在转化

一切都在静观其变

也许上苍很公允

一切无须怨天尤人

一切无须哭天喊地

一切都是客观存在

一切都是最好的安排

既不能当命运的俘虏

更不能忘了生命的主动与能动

我们要做命运的主人

我们要把人生的灯塔点得最亮

我们一同往前走

生命与生命，肩并着肩

生命与生命，一前一后

时代的列车，把你我他

一同驶向终点

无须征求你的意见

无须看你欢不欢喜

我们都是时间的过客

我们都是生活的微尘

一同往前走

是生命常态的运转

是生活轨迹日复一日的重复

走向心的梦想，走向现实的港湾

我们一同往前走

无论你准备充不充分

无论你心情快不快乐

往前走是必然，往前走是必选

在往前走中，领略生命的风采

体验生活的酸甜苦辣

在往前走中，一天天慢慢长大

走向成熟稳重，走向豁达大度

一同往前走，走着走着就熟了

走着走着就亲了，走着走着

让我们放下了许多，走着走着

生命在轮回，生活在继续

活出生命的味道

《为梦想而燃烧》是我心血的结晶，是我给大家的见面礼，也是我为梦想而燃烧的真实写照。

这本书的出版，离不开编辑老师的辛勤劳动，倾注了编辑老师的大量心血，在此为他们的呕心沥血深表谢意。

这本书的出版，是想通过我的创作给大家带来精神上的力量，特别是在为梦想而奋斗的征程上，为大家加加油鼓鼓劲。

我是一个凡人，没有惊天动地之才，因出道较晚，所以向先辈学习的地方还很多。

在长期写作中，我渐渐对生命、对人生有了很多不一样的认识与理解。如果说生命是一段宝贵的旅程，写作无疑会为生命的质量加分。

这么多年来，我为社会贡献得很少，很多时候都是在无限制地索取，这不是我的本性，也不是我的初衷。

在忘我写作中，我总想通过创作尽可能高质量的诗歌，让人们从中受到启迪，获得启发，让人们在诗歌的熏陶中更好地珍惜现时美好的生活。

这也仅仅是我的初衷，我的梦想，能否达到预期的愿望，只要呈现出来了，就心底无憾了。

在创作中探寻生命的真谛，在创作中让生命的张力无限延伸，究竟怎样才算真正活出了生命的味道，每个人自有不同的见解。

活出生命的味道，就是不愧对生命，就是让生命闪闪发光，就是做一个正直善良的人；做一个对社会有用的人，做一个多为他人着想，为社会奉献聪明才智的人。

活出生命的味道，让梦想激烈燃烧，让梦想接受碰撞，让梦想在与现实的顽强抗争中展现出力与美。

追寻生命的道路上有千万条，我选择了与孤寂做伴，少了吵闹，少了欢乐，而却收获了充实，缩短了与梦想的路径，这是我的选择，这也是我的执着。

年过半百，雄心壮志不减，这都是梦想一直把我牵引，一直向我招手。我在奔跑的路上停不下向前的脚步，累着，痛着，并快乐着，忙着辛劳并充实着。

没有哪一条道路好走，每一条都很艰辛曲折。选准了方向，认准了目标，长年如一日，不断精进，不断执着持恒，总有一天会阳光初现，总有一天会扬眉吐气雄风大展。

让我们为这一天到来拾好柴火点亮梦想，在熊熊烈火中见证生命的奇迹与芳香，在火焰升腾中让新生活的梦想绽放曙光。

2024 年 11 月 16 日　成都